NIEVE CARMESÍ

Asesinato Nevado

ALEXANDER NEWBALL

Copyright © 2025

Alexander Newball

Primera Edición - Derechos Reservados

Versión en español

ISBN: 9798287147716

Edición: Milagros Murillo F.

Diseño de portada: Aarón Harak Delgado

Ninguna parte de esta publicación puede ser reproducida, almacenada o transmitida de ninguna manera o por ningún medio electrónico, mecánico, fotocopiado, grabación, escaneo, o de cualquier otra forma, sin el permiso por escrito del editor. Es ilegal copiar este libro, publicarlo en un sitio web o distribuirlo de cualquier otra manera sin permiso.

Este libro es una obra de ficción. Cualquier semejanza con personas reales, vivas o muertas, es mera coincidencia.

CONTENIDO

AGRADECIMIENTOS ESPECIALES v
GUÍA DEL LECTOR vi
CAPÍTULO I 7
CAPÍTULO II 17
CAPÍTULO III 26
CAPÍTULO IV 37
CAPÍTULO V 46
PLANOS DE LA MANSIÓN GIVERCROSS 62

CAPÍTULO VI 64
CAPÍTULO VII 76
CAPÍTULO VIII 93
CAPÍTULO IX 105
CAPÍTULO X 124

AGRADECIMIENTOS ESPECIALES

A Dios, quien siempre funge como luz en mi vida, siempre mi eterna gratitud por el don que me regalas para compartir historias con el mundo. A mis padres, cuya inquebrantable fe en mis sueños y su amor infinito son la brújula que me orienta en cada página de mi viaje literario. Gracias nuevamente a mi equipo de trabajo, el cual está formado por Milagros Murillo F., mi incansable aliada en esta travesía literaria. Tu continua creencia en mis historias me permite enriquecer mi visión bibliográfica, llevándolo así hacia nuevos horizontes de éxito. Para Aarón Harak Delgado, el artista detrás de las imágenes que dan vida a mis palabras. Tu talento transforma mis ideas en obras de arte, haciendo que cada lector se sumerja aún más en la magia de la historia, y a Tahirí Gutiérrez, quien, con mucho ingenio, después de leer esa obra supo cómo plasmar cada esquina y habitación dentro de los planos.

Y a ti, apreciado lector, cuyo compromiso con mis relatos es la chispa que enciende la pasión por contar historias. Gracias por acompañarme en este nuevo capítulo, tu presencia da significado a cada palabra que plasmo en estas páginas.

¡Juntos creamos la fascinación literaria que invita a cada lector a perderse y encontrarse en las páginas de la imaginación!

GUÍA DEL LECTOR

NIEVE CARMESÍ

(ASESINATO NEVADO)

Artemis Millburn: Profesor de investigación periodística.

Joshua Simmons: Ejecutivo de ventas digital de servicios de videojuegos.

Roxanne Carter: Cosmetóloga y figura de redes sociales.

Maureen Carpenter de Davies: Asesora de comunicaciones y mánager de estrellas (hermana de Leslie).

Leslie Carpenter: Gerente de recursos humanos y asesora política (hermana de Maureen).

Kaleb Davies: Compositor y productor musical (esposo de Maureen).

Jeffrey Goodman: Comediante y actor.

Susan Daniels: Contadora y consultora de impuestos.

Jonathan Mason: Jugador de béisbol (novio de Leslie).

Ronald Fisher: Jugador de baloncesto (novio de Roxanne).

Niel Parker: Detective y sargento de la Policía.

Joe Palmer: Administrador de la mansión.

Darlene Bowers: Asistente del administrador.

Violet Miller: Asistente de Artemis.

Chefs, mucamas y personal de servicio de la mansión.

CAPÍTULO I

La jornada educativa anual ha terminado y por los pasillos de la primera universidad privada de Longderry se puede escuchar conversaciones provenientes de los motores del aprendizaje. Docentes universitarios cuyos salarios están entre los más elevados de la región, suelen ser poco intrusivos con las motivaciones dadas a sus estudiantes. Pero, entre las paredes de esta prestigiosa institución existe un mediador docente cuya vocación siempre será primero, ese es Artemis Millburn.

Desde edad temprana desarrolló cierta fascinación por los medios de comunicación y, creciendo en un sano entorno de una familia funcional, el hambre de conocimiento invadió al muchacho.

Artemis vivió con sus padres en un barrio pobre; no obstante, creció sin carencias. Así tan tranquila estuvo su cabeza, ya que sus padres le brindaron todo. Por supuesto que, si estaban pasando por un mal momento, económicamente hablando, Artemis jamás lo notó.

Cuando visitabas su hogar, las imperfecciones en la arquitectura eran notables, Artemis vivía con sus padres en el segundo piso de un caserón de madera y, pese a su corta edad, como cualquier otro niño, entre travesuras, podías escuchar a su madre gritarle "¡ya deja de correr!", recordándole así que vivían sostenidos por tablones de madera.

NIEVE CARMESÍ

La manera de vivir de Artemis jamás fue motivo de preocupación, pero en la escuela en donde estudiaba, algunos compañeros hacían mofas sobre el lugar en donde vivía. Esas casas son conocidas como "casas condenadas" y, entre risas por parte de algunos compañeros, uno de sus mejores amigos intervenía para defenderlo. Todas las tardes al salir de clases caminaban a sus hogares, uno a uno el grupo se dispersaba, Artemis siempre era el último que llegaba a casa.

Pasaron los años y su familia comenzó a adquirir cierto crecimiento financiero, pronto llegaron sus dos hermanos varones y la ilusión de su familia de vivir en un mejor entorno, los llenaba de felicidad. Se mudaron a una urbanización tranquila en donde finalmente obtuvieron una casa propia y con mucho esfuerzo pudieron darse el lujo de una familia de clase esforzada.

Su motivación por los estudios estuvo por debajo del suelo. Siempre se sintió indiferente por los estudios secundarios y, año tras año, hacía su esfuerzo por aprobar las materias. La etapa secundaria de Artemis fue muy difícil, tenía problemas para concentrarse, pero una vez finalizada, con una visión más clara, inició sus estudios universitarios en la carrera de Ciencias de la Comunicación Social, siendo uno de los mejores de la clase. Artemis comenzó a evaluar su desempeño social y educativo, comparándolo con los de años anteriores. Había estado reuniéndose con una psicóloga que brindaba la universidad en donde estudiaba y, después de tantas sesiones, esta lo reubicó con una psiquiatra. Al parecer ella no podía dar seguimiento del comportamiento que tanto buscaba su paciente... hasta que llegó el día...

Después de semanas de sesiones con la nueva especialista, los resultados esperados no sorprendieron al involucrado, Artemis siempre lo supo, pero quería tener la certeza de lo que tenía, su mayor defecto era uno del cual siempre sintió orgullo; unos decían que era unególatra o un excéntrico, pero no. Artemis había pasado por un proceso neurocientífico que arrojaba porcentajes mínimos de trastorno dentro del espectro autista, la neurodivergencia.

Artemis, muy decidido, les mostró estos documentos a sus padres y, para su fortuna, tomaron esta noticia como una habitual lectura de periódico por la mañana, abrazaron a su hijo y siguieron con sus obligaciones.

Eso nunca fue impedimento para lograr metas, pero su capacidad para relacionarse interpersonalmente fue su mayor obstáculo. Esto tenía que ver muchísimo con su condición médica ya aclarada.

Sus padres siempre vieron aspiraciones muy cimentadas en la vida de su hijo y es por ello que lo ayudaron en sus estudios universitarios, pagándole así sus grados superiores en las mejores universidades de Longderry. Y tras cada estudio entre licenciatura, posgrados y maestrías, Artemis comenzó a desarrollar su capacidad social, en donde encontró grandes amigos y, hasta la fecha, nunca ha perdido el contacto con ellos. Cuando eran más jóvenes solían verse mucho, pero tan pronto como la vida de todo joven veinteañero cruza un entorno laboral, los momentos para compartir se vuelven escasos.

Artemis solía tener diversos grupos de amigos, pero para él, su joya de la corona es uno formado por un gremio muy particular. Sus amigos se volvieron profesionales al igual que él y con los años escalaron rápidamente dentro de sus entornos. Cada uno generando grandes cantidades de dinero mediante esfuerzos, por lo tanto, ya podían darse la vida que siempre anhelaron tener.

Artemis, al igual que ellos y pese a su corta edad, terminó estudios para obtener su título como docente universitario y en un periodo de tres meses ingresó como docente en una de las universidades más prestigiosas de la región, impartiendo materias de comunicación social y medios audiovisuales. Pero hasta la fecha, solo puede ser mediador de las asignaturas de Periodismo Investigativo.

NIEVE CARMESÍ

Sí, es muy peculiar ver a un docente como Artemis Millburn caminar por los pasillos de tal distinguida institución, porque muchos estudiantes cuestionaban su aspecto juvenil, ya que podía pasar desapercibido entre ellos; es que Artemis parece un estudiante más. Fue por eso que optó por darle estilo a su manera de vestir y para ello llamó a su viejo amigo de infancia, quien es reconocido como uno de los mejores asesores de imagen de la ciudad de Longderry. Tomando en cuenta su profesión como educador, su amigo le brindó diversas ideas de moda, revisaron decenas de revistas y perfiles de profesionales de buen vestir hasta que Artemis lo encontró, la muy conocida moda old money, pero para distinguirla entre temporadas, optó por el modelo británico, en donde las largas gabardinas y zapatos de buena calidad tomaron fuerza.

Regularmente lo veías por los pasillos de la universidad paseándose con su maletín de cuero y, entre otros grupos docentes, podías escuchar cuan inconformes estaban con la presencia de un joven educador como Artemis. Pero él siempre fue selectivo con sus amistades y, tomando experiencias pasadas en ambientes similares, evitaba hacer amistad con sus compañeros de trabajo, ya que, escuchando comentarios "de las malas lenguas" y por supuesto que recibiendo una que otra información por parte de sus estudiantes, cuyo cariño fue creciendo por parte de ellos hacia él, se cuidó más que de costumbre, puesto que quiere proteger ese trabajo que tanto le costó obtener.

La relación con sus estudiantes es madura y respetuosa, pese a que casi es contemporáneo con ellos en cuanto a edad. Su condición como neurodivergente jamás afectó su proceso como mediador docente, de hecho, esa impulsividad a errar en momentos menos oportunos, le hacía recordar una y otra vez que es un ser humano. Sus estudiantes notaron esto y, cuando aquellos toman valentía por corregir una fecha, un color o una situación precisa, Artemis siempre se muestra abierto a las críticas.

Ese viernes trece de diciembre culminó su jornada laboral,

ASESINATO NEVADO

en donde el inicio de las vacaciones le sonreía a docentes y estudiantes de la prestigiosa universidad, así que, tomando su maletín de cuero y dando fin a la asignatura de Cobertura de Corrupción y Crimen Organizado, caminó con regocijo hacia la salida de tal institución. Luego de recibir unas cuantas gotas por parte de la lluvia que arrasaba la masiva ciudad de Longderry, Artemis levantó el brazo sobre la acera y rápidamente alcanzó a tomar un taxi.

Artemis aprendió a administrar sus finanzas como profesor y, en un periodo corto de tiempo, pudo ahorrar lo suficiente como para establecerse e independizarse en un entorno adecuado, contaba con un auto, pero prefería pedir un taxi o solicitar aquellos servicios de transporte digitales.

Su vida tomó cierto respiro y encanto cuando compró una propiedad, así, con mucho esfuerzo se mudó a la acaudalada urbanización de Bellbroke. Una pintoresca zona residencial de casas de dos plantas perfectamente ubicada en los suburbios de un área adinerada de la inmensa ciudad de Longderry, esa fue aquella visión que siempre quiso para su vida. Creciendo en un entorno familiar de clase esforzada y trabajadora, pudo escalar con la ayuda de sus queridos padres hasta tener lo que siempre soñó. Jamás los abandonó y, puesto que crecía financieramente, su familia lo hacía igual.

Después de pasar por una garita de seguridad, el taxista conducía siguiendo las direcciones que le impartía su pasajero y, alimentando la vista con los hermosos escenarios de la urbanización y deseoso a aspirar a eso y más, el conductor se detiene frente a la 21A. Y bajando del vehículo, Artemis dio pasos seguros a su puerta, tocó el timbre de su casa, y no pasaron ni cinco segundos hasta que un reluciente rostro de piel olivácea le abrió la puerta. Una joven mujer de unos treinta y cinco años de cabello rizado, le dio la bienvenida a su hogar.

—Oh, Violet —dijo Artemis con sorpresa—. Pero qué rápido

NIEVE CARMESÍ

llegaste a la puerta.

—Perdone, es que estuve atendiendo unas llamadas y realizaba algunos apuntes en la cómoda de la entrada —se disculpó la señorita.

—Y bien, ¿alguna novedad?

—Sí, llamaron del banco —continuó Violet mientras caminaba detrás de Artemis en el pasillo del hogar—. Dicen que necesitan una copia de los documentos de sustento del banco.

—Mi estado de cuenta —dijo Artemis con fastidio hasta detenerse en la puerta de la cocina—. No lo entiendo, ellos tienen acceso a eso.

—Pues, no lo sé —repuso Violet—. Solo llamaron para eso.

—¿Algo más? —preguntó Artemis mientras se dirigía hacia la cocina.

—Sí, del club de golf y playa llamaron para invitarlo a las actividades de fin de año que se llevarán a cabo a partir de la próxima semana —continuó Violet con un papel en la mano proveniente de un block de notas—. Y que hoy en la noche enviarán por correo electrónico el calendario con las actividades.

Artemis dejó su maleta de cuero sobre la isla de la cocina y, sentándose sobre una silla alta, levantó su mano para detener a la joven. Se llevó sus dos manos a la cara y, con un quejido entre respiros, tomó la palabra.

—Bueno, ya iniciaron mis vacaciones y no tengo planes para sacarle provecho a mis días libres.

—Puede probar con ir a un resort —recomendó Violet.

—Puede ser —continuó Artemis bajando de la silla mientras se dirigía a la refrigeradora en busca de algo.

ASESINATO NEVADO

—Te hice un pastel de zanahoria —intervino la joven después de verlo buscar una merienda—. Cortaré una rebanada y te serviré un capuchino.

—Ah, me encantaría —dijo Artemis con alivio.

Así fue como se encaminó a la sala de su hogar y, colocándose unos zapatos cómodos para reposar, se dejó caer en su sillón de un solo asiento. Miró alrededor con mucha curiosidad hasta que sus ojos se posaron en una fotografía que se encontraba al lado de su televisión.

En ella estaba Artemis con una hermosa mujer, una que en su pasado significó mucho para él.

Si hablamos de amores turbulentos, Artemis podría contar su experiencia fallida. Hace muchos años, en su etapa como estudiante universitario, conoció a una chica; uno encontró cierta magia que en el otro hallaba y, con el pasar de los años, Artemis sufría en silencio. Para ese entonces no contaba con el factor económico con el que se sustenta ahora, ese era el mayor problema que invadía sus inseguridades nacientes por parte de la muchacha. Ella formaba parte de un estatus socioeconómico superior al de Artemis y, entre uno que otro comentario clasista, hacía sentir inferior al joven enamorado.

El último día en que Artemis se despidió sin decirle adiós, fue cuando la involucrada utilizó una frase tan despectiva, que lo rompió desde adentro, "Tú no eres nadie, y ninguna persona es perfecta para ti".

Artemis nunca le guardó rencor, pero estas palabras provenientes de su único amor, lo destruyeron. Así fue como él desapareció de su vida, aunque una que otra vez escuchó sobre ella. Ahora, es muy conocida dentro del mundo de los medios de comunicación y, una noche cuando Artemis revisaba su teléfono celular, la noticia que esperaba que llegara en cualquier momento, lo dejó frío por completo... se había comprometido. Al leer esa información,

NIEVE CARMESÍ

Artemis sintió un intenso golpe imaginario bajo la boca de su estómago y, con mucho dolor, enfrentó la pérdida y muerte de ese sentimiento llamado amor.

Ahora, ¿quién es Violet para la vida de Artemis Millburn? Su compañera, quien lo ayuda en necesidades básicas del hogar. Violet llegó a esta morada por medio de un anuncio de empleo y, entre una que otra tarea básica, lo apoya al cien por ciento.

—Aquí tienes —anunció Violet su presencia en la habitación, entregando una rebanada de pastel de zanahoria y una taza de capuchino.

—Muchas gracias.

—Ah, señor.

—Violet... —repuso con cántico para recordarle su error a la joven—. Soy menor que tú y sabes que puedes tutearme.

—Oh, perdón —respondió apenada con una sonrisa mientras sacaba unos sobres debajo de su brazo—. Llegaron estas cartas.

Durante meses, Artemis se mensajeaba con sus amigos por medio de cartas físicas, solían usar juegos de palabras y chistes crueles entre líneas. Pero lo más peculiar es que en vez de utilizar un medio de mensaje actualizado como lo es el correo electrónico o mensajería instantánea, usaban el correo. Sí se llaman y se mensajean con medios inmediatos como el digital, pero para no dejar morir la tradición del correo físico, llenaban los casilleros de los destinatarios a montón.

Después de que Violet salió de la habitación, Artemis revisó las cartas entre risas, cada una mayor o menor a la otra y, entre uno que otro sobre, halló uno muy peculiar, grueso y con más relleno.

Así que dejó a un lado su merienda y se enderezó en el sillón para leer mejor.

ASESINATO NEVADO

"Para Artemis Millburn:

Sabemos que hemos tomado caminos diferentes, pero eso no quita el amor fraternal que tenemos. Desde la universidad fuimos tan unidos que, a pesar de nuestra distancia y obligaciones, no dejamos de comunicarnos.

Es por eso que para retomar nuestra muy entrañada tradición de pasear en lugares tropicales como solíamos hacer, te extiendo una cordial invitación a que disfrutemos de las más hermosas vistas gélidas entre las montañas nevadas de Canadá. Hemos rentado una mansión solo para nosotros en áreas aledañas a la villa en donde se encuentra. La mansión Givercross cuenta con un personal exclusivo para atendernos, así que no desaproveches esta oportunidad de conocer y disfrutar de esta mágica región nevada.

Leslie Carpenter

P.D. Jonathan me retó a escribir sin utilizar insultos".

—¡Violet, ya sé que voy a hacer! —gritó Artemis con una sonrisa desde su asiento—. Busca mi pasaporte y ayúdame a empacar, voy a ver a unos viejos amigos.

Y después de releer la carta, encontró en el sobre un panfleto que mostraba el lugar. La mansión Givercross es un hermoso complejo de dos plantas, cuya arquitectura de piedras lisas, brilla entre la capa blanca en donde se encuentra. Revisando más el contenido, Artemis notó aquellas amenidades que el complejo hotelero le brindaba: restaurante, gimnasio, *spa*, bares y piscinas, es todo lo que Artemis necesita en un momento como este. El club de golf y playa al que pertenece tiene estos servicios, pero lo que lo hacía sentir especial, es que disfrutaría de una estadía

NIEVE CARMESÍ

privada solo con sus amigos en un lugar exclusivo.

Su teléfono celular sonó y, contestando la llamada, entendió que además de él, su querida amiga Leslie invitó al diverso grupo de viejos amigos.

—Nos vemos el domingo en el aeropuerto —finalizó la llamada con una sonrisa.

CAPÍTULO II

Después de darle algunas asignaciones menores a Violet, se despidió de su compañera ese domingo por la mañana, esperó un vehículo por parte del servicio de transporte digital y se fue de camino al aeropuerto.

Artemis es conocido por ser una persona puntual y su particularidad de llevar todo cronometrado ha levantado cierta impaciencia e incertidumbre en su persona. Sobre todo, cuando son invitaciones grupales y los involucrados no cumplen con un horario específico, Artemis los reprende con frases sarcásticas haciendo mofas sobre su tardanza.

Esta impulsividad obsesiva compulsiva proveniente de su ser, era resultado de su neurodivergencia y la única que comprende estas fijaciones es Violet. No crean que ella consiguió su empleo como compañera así porque sí, Violet pasó por un exhaustivo cuestionario por parte de Artemis y, con mucho ingenio y sin mucho esfuerzo, fue ella quien se ganó el trabajo. Violet preparaba las comidas con tal precisión, siguiendo las notas impartidas por Artemis, ya sea la posición de los cubiertos, la temperatura, el horario de almuerzo, todo. Violet sabe hacer su trabajo con mucha gracia.

Artemis va sentado en el puesto trasero del auto con la mirada puesta en su reloj y, llegando tres horas antes de su vuelo al aeropuerto, le dio las gracias al conductor y bajó su maleta de ruedas y una mochila. Su vestimenta fresca, llamó la atención de una fotógrafa callejera y, acercándose hacia él con una fotografía suya desprevenido, Artemis se enojó.

—Son cinco dólares, señor —dijo la joven entregando la fotografía instantánea.

—No juegues conmigo —repuso él tomando la fotografía—. No soy turista.

Y rompiéndola en pedazos, la joven se retiró con furia.

Su vuelo sale a las cinco y quince de la tarde, pero Artemis llegó a las dos de la tarde al aeropuerto porque quería ir por una merienda con su mejor amigo, aquél con el que se citó días atrás para verse. Su amigo también va de camino a la reunión en las montañas nevadas, así que compraron boletos para el mismo vuelo y así mantenerse al tanto de lo que ocurre en sus vidas.

Ya eran las dos y tres de la tarde y Artemis comenzó a impacientarse en la acera concurrida del aeropuerto, hasta que observando alrededor logró vislumbrar a su querido amigo caminar con pasos exagerados para hacerlo reír, él sabe lo importante que es cumplir con el horario de su amigo, así que esta arma con gracia podría alivianarlo.

—Un hombre sin piernas podría llegar más rápido —dijo Artemis con naturalidad.

—Ah, dudo mucho que lo haga si desarmo su silla de ruedas —respondió su amigo con una sonrisa.

Los dos intercambiaron miradas hasta que rompieron en risas al unísono, este humor tan peculiar era su lenguaje de comunicación. Y estrechando la mano uno del otro, se dieron un fuerte abrazo.

—¿Cómo has estado? —preguntó Artemis caminando hacia la entrada del aeropuerto.

ASESINATO NEVADO

—Por favor, nos vimos hace dos semanas —intervino su amigo mientras camina con sus maletas.

Él es Joshua Simmons, el mejor amigo de Artemis, quien en años anteriores cuando la vida de sus amistades tomó otro rumbo, jamás se separó de él.

Se conocieron en la universidad y, a pesar de no estudiar la misma carrera, su fraternidad se volvió tan firme como el naciente grupo de amigos que llegaron a formar. Personas llegaban al grupo y se despedían, tal vez una química inexistente los perturbaba, pero quienes permanecieron fueron aquellos que, a pesar de la distancia, seguían estando presentes.

Joshua es unos centímetros más bajo que Artemis y su porte regordete tan rebosante contagia de buenas vibras a quienes se encuentran cerca de él.

Caminaron hacia el mostrador para hacer check-in y dejar sus equipajes, pasaron seguridad y un rápido proceso de migración, buscaron la sala de abordaje para evitar contratiempos y luego se dirigieron a un *lounge VIP* que les brinda la aerolínea. Pidieron diversas especialidades que les mostraba el menú y hablaron de todo un poco a medida que pasaba la tarde.

—¿Y cómo tomaste la noticia de su compromiso? —habló Joshua luego de ver que se habían quedado sin temas de conversación.

—Pues... ni bien, ni mal —respondió tajante Artemis—. Ella es feliz con esa persona y si la vida me la apartó del camino es porque nunca pertenecimos uno al otro.

—¿Pero la extrañas? —preguntó Joshua.

Artemis se llevaba un pequeño cubo de queso a la boca y se detuvo para descansar el cubierto. Se postró sobre la mesa con sus codos y miró hacia la pared de cristal que mostraban los aviones entre las plataformas, se quedó en completo silencio durante unos segundos y respondió con calma.

NIEVE CARMESÍ

—Cada maldito segundo —continuó Artemis con los ojos cristalizados mirando hacia afuera—. Pero la vida tiene otros planes para mí, mírame, tal vez nunca seré lo suficiente para ella, pero siempre estaré orgulloso de la persona en que me he convertido —finalizó con seguridad abriendo sus manos frente a su amigo.

En ese momento, un estruendo en dirección a la entrada del *lounge* se hizo presente. Un hombre le hablaba con furia a dos miembros del personal de seguridad.

—Joshua, mira, es Jeff —intervino Artemis con rapidez.

—¿Qué hace aquí? —preguntó Joshua.

—Pues, supongo que por la misma razón que nos encontramos aquí —finalizó poniéndose de pie para intervenir en la pequeña riña—. Quédate aquí.

Alguna que otra persona se acercaba a la escena y, entre gritos, Artemis pudo distinguir claramente sus palabras.

—Respeten mis derechos —repuso Jeff con furia—. Ustedes no saben con quién están hablando.

—Señor, no le podemos permitir la entrada, aunque quisiera —continuó una chica que forma parte del cuerpo de seguridad—. Su tarjeta está declinada, no podemos hacerlo pasar con su boleto o con su dinero rechazado.

—¿Declinada? —preguntó con furia—. ¿Cómo es posible que mi tarjeta esté declinada si compré un boleto de primera clase para un vuelo hacia Canadá?

Un miembro de seguridad tomó los papeles y leyó con cautela hasta que se detuvo con una mirada en seco hacia el propietario.

—Señor, el boleto que usted compró es de clase económica.

ASESINATO NEVADO

—Eso no puede ser —dijo Jeff arrancando su boleto de la mano de la seguridad.

En efecto, el boleto que compró pertenece a esta clase dentro del avión.

—Lamento lo sucedido, señor —continuó la seguridad—. Pero tengo que retirarlo de aquí.

—Un momento —gritó Artemis que se encontraba entre la pequeña multitud—. Viene conmigo, tengo entendido que el boleto de primera clase me permite un pase de invitado para alguien más dentro del *lounge*.

—Es correcto —intervino el guardia de seguridad.

Así fue como Artemis tomó por el hombro a Jeff y lo llevó hasta la mesa en donde se encontraba almorzando con Joshua.

Jeffrey Goodman junto a Joshua y Artemis, años antes eran muy buenos amigos, sobre todo cuando el grupo era tan unido, pero de todos los miembros, Jeffrey fue quien más se alejó. Su vida cambió de la noche a la mañana, alcanzando un éxito nacional como uno de los mejores comediantes de la región. Sus presentaciones de *stand-up comedy* lo catapultaron a tal grado que le permitió aparecer en películas, entre uno que otro cameo o simplemente unas cuantas líneas en pantalla, su carisma provocó que se ganara al público. Llenaba teatros y salas de eventos, todos querían disfrutar de su enérgica rutina, pero el amor por sus amigos decayó un poco. No tenía tiempo cuando se le brindaba invitación a fiestas o pequeños viajes a playas.

Artemis está feliz de ver a su amigo, pero al mismo tiempo, siente un poco de angustia y sorpresa por lo sucedido, no creyó que él aceptaría la invitación de Leslie a Canadá.

Jeffrey lleva una mochila al igual que sus amigos, saludó a Joshua con un amigable apretón de manos y tomó asiento junto a ellos, las miradas estuvieron tensas, hasta que la tenacidad meticulosa

NIEVE CARMESÍ

de Artemis se interpuso entre los tres.

—Veo que saliste con mucha prisa de casa —dijo Artemis.

—¿Cómo lo sabes? —preguntó Jeffrey.

—Tienes un trocito de jabón pegado en la nuca —dijo Artemis apuntando con su dedo el cuello de su amigo.

—Vaya, nunca dejarás de sorprenderme —continuó Jeffrey mientras se quita el jabón del cuello—. Aún en momentos como estos, no dejas de ser tan observador. Supongo que ese talento no te bastó para vaticinar que cierta mujer te iba a abandonar.

—¡Ouch! —repuso en son de burla Joshua.

—Eso no me preocupa —continuó Artemis mientras bebe un vaso de jugo de naranja—. Mi cabeza está tranquila, supongo que lo peor sería salir con la exnovia de uno de tus amigos.

—Amigo, ya retírate —se dirigió Joshua a Jeffrey—. Nadie puede recuperarse de ese ataque.

—Gran talento con esa retentiva, engreído —finalizó Jeffrey cruzando los brazos.

Artemis ríe con sus amigos en la mesa, los chistes sobre sus desgracias siempre son un buen método para romper tensiones entre sí.

Escuchan el llamado de la puerta de su vuelo y, abruptamente se ponen de pie para ir de camino a la entrada que da a la pasarela de acceso a la aeronave.

La fila es muy corta, al parecer su vuelo va vacío. Así que después de una pequeña inspección de sus documentos pudieron abordar el avión con rapidez.

Ya han despegado y, desde la ubicación de primera clase, Artemis voltea muy seguido para ver al otro lado del pasillo a Jeffrey,

ASESINATO NEVADO

quien muestra disgusto por estar en la clase económica y no en primera clase como sus amigos.

Joshua está con su computadora portátil trabajando; su negocio: vendedor. Es el ejecutivo de ventas digital de productos en el área de videojuegos. Administra mucho contenido para grandes marcas, dichos convenios le dieron una posición respetable dentro de la industria.

—Oye, ¿y si hacemos que lo cambien de clase? —preguntó Artemis a su amigo.

—A mí ni me involucres —continuó Joshua sin quitar los ojos de su ordenador—. Te vas a meter en graves problemas si lo traes aquí.

—Joshua, por favor, el avión va vacío, no es justo que seamos... —contó rápidamente por encima de su cabeza— nueve personas en primera clase, es un vuelo largo.

Aún sin recibir respuesta de su amigo que aún teclea sobre su computadora, se levantó y fue de camino a clase económica para acompañar a su otro amigo, se sentó junto a él y Jeffrey tomó la palabra.

—¿Qué? ¿Vienes a burlarte de mí? —preguntó Jeffrey con desánimo—. Suficiente he tenido con el idiota de mi publicista.

Jeffrey contaba con un publicista, el único quien en un tiempo le confió sus datos, cuentas y el manejo de su entorno artístico.

La cabeza de Artemis comenzó a trabajar y, haciendo análisis de la situación de su amigo, comenzó a hacer afirmaciones.

—Monty te está robando —dijo Artemis con rapidez.

Jeffrey mira a su amigo con una mediana sonrisa y menea la cabeza.

NIEVE CARMESÍ

—De verdad que aciertas el noventa y nueve por ciento de las veces —continuó Jeffrey sin dejar de mirar a Artemis—, pero esta vez fallaste un poquito.

—Lo deduje por la situación con lo de tu tarjeta y porque estás volando en clase económica.

—Nadie me está robando, solo que esa rata firmó un contrato conmigo por tres años —siguió Jeffrey mientras mira la pantalla en el respaldar del asiento de enfrente— y como quiere sacarme un porcentaje inexistente de mi dinero aparte de sus comisiones y no se lo permito, congelé mis cuentas, mientras, debo aguantar otros seis meses para que acabe el contrato. Así lo reemplazo por otra persona de confianza y vuelvo a tener mi vida. La comedia es lo único que me motiva a seguir trabajando, pero el muy desgraciado se aprovecha de lo único que tiene legitimidad su poder dentro del contrato, planificar fechas con giras por todo el país para que haga mis *shows*, ese maldito gordo solo quiere agotarme mental y emocionalmente. Te lo juro Artemis, soy capaz de agarrar un arma y...

En ese momento una anciana al lado del pasillo mira con detenimiento a Jeffrey que hacía una señal de pistola con sus manos.

—Pero qué hombre tan corriente —dijo la señora—. ¿No te da vergüenza? Estamos en un avión.

—Lo siento señora —continuó Jeffrey—. Pero se lo aseguro, si usted camina por la misma esquina todos los días y ve que un cojo intenta arrebatarle su bastón a las fuerzas, ¿no dudaría en lastimar al pobre inválido?

La anciana resopla con altivez y se acomoda en su asiento.

—Y dime, ¿aún sigues trabajando en el periódico? —preguntó Jeffrey a su amigo.

—Sí, la verdad me va muy bien —continuó Artemis—, como

docente y como periodista de investigación me va genial, aunque he estado en situaciones en donde la ética acostumbra a desafiar mi ser interior.

—Ya veo, tienes buen olfato para las investigaciones —siguió Jeffrey—. El problema es que eres demasiado pretencioso.

—No soy pretencioso, soy realista sobre mis ideales.

—Ah sí, ¿y entonces por qué razón no escribes sobre mí en tu medio? —preguntó Jeffrey con ligera molestia.

—Pues, idiota, me manejo dentro del rubro social y comunitario, no el de entretenimiento.

—Ah, pues explícame eso —respondió Jeffrey—. Solo te basta con tomar tu teléfono y llamar a los practicantes del otro departamento.

—Te gusta salirte con la tuya, ¿verdad? —dijo Artemis con una sonrisa.

—Casi siempre —respondió Jeffrey con orgullo reclinándose en su asiento.

—Descuida, cuando lleguemos a la mansión haré unas llamadas —finalizó Artemis en lo que se levanta de su asiento para dirigirse a su puesto en primera clase.

Pero antes, se topó con la tripulante de cabina y pidió dos *gin-tonic*, uno para él y otro que fue enviado a Jeffrey Goodman en clase económica.

Volvió a su cómodo asiento y su mejor amigo aún tecleaba sin detenimiento.

CAPÍTULO III

El avión aterrizó sin contratiempos en Canadá, las horas de viaje se pasaron muy rápido. Artemis dormía, hasta que recibió un ligero empujón de su amigo que estaba sentado a su lado.

Las puertas se abrieron y salieron al aeropuerto de Calgary, es de madrugada y el viento frío del clima provocó que los invitados se cambiaran de ropa luego de pasar el proceso migratorio, recibir sus maletas y cruzar la aduana. Los abrigos y la ropa gruesa siempre sientan bien en situaciones como estas, pero de madrugada la temperatura es más baja de lo que se esperaba. Los tres amigos apresuran el paso a la salida al casi desolado aeropuerto y lo que ven les preocupa. No hay medios de transporte que les facilite trasladarlos al lugar en donde fueron citados. Pocas personas están de pie con sus equipajes esperando algo, pero cuando Artemis preguntó a la misma anciana que vio en el vuelo en clase económica de cómo se iba a transportar a su destino, esta hizo una señal con sus manos en forma de arma como si le disparara.

Jeffrey, que estaba a pasos de él, se echó a reír tan fuerte que llamó la atención de dos figuras que estaban sentadas en una banca.

—¡No puede ser! ¿Llegaron los tres a la vez? —preguntó una hermosa mujer de cabello rubio—. Se puso de pie y se acercó a toda prisa a saludar a sus amigos con un fuerte abrazo.

Maureen Carpenter, ahora de Davies, es la hermana mayor de

ASESINATO NEVADO

Leslie.

Anteriormente, Maureen dedicaba su tiempo como asesora de comunicaciones en una empresa publicitaria, pero su vida dio un giro de ciento ochenta grados cuando conoció a su actual esposo, Kaleb Davies. Maureen y Kaleb conectaron con la música y, finalmente, dieron sus votos cuando su amor por ella tomó gran significado. Hoy, Maureen trabaja como representante de diversas estrellas del espectáculo, gracias a la influencia de su esposo. Después de dejar su trabajo como productor audiovisual, Kaleb se convirtió en uno de los más reconocidos compositores y productores musicales a nivel mundial, valiendo así siete nominaciones en los SSA *(Successful Score Award)*. Kaleb se unió al grupo de amigos muchísimos años después, se puede decir que el simple hecho de compartir actividades sociales que involucran a su esposa, se le incluía obligatoriamente para participar.

Kaleb, con porte seguro, llegó a saludar con un apretón de manos y un corto, pero muy ligero abrazo. Se quedó de pie al lado de su querida esposa. Kaleb suele ser una persona de pocas palabras, pero cuando la conversación tiende a ser verdaderamente enriquecedora, las ideas salen de él con naturalidad.

Maureen no deja de saltar frente a los muchachos y entre sonrisas Artemis volvió a abrazar a su amiga a quien no veía desde hace dos años. Maureen junto a Joshua, son los amigos más allegados de Artemis, pues, si de mejores amigos le preguntabas al distintivo profesor, Joshua Simmons y Maureen Carpenter son los nombres que salen con seguridad.

—¡Estoy tan contenta de verlos! —expresó Maureen con entusiasmo.

—Lo mismo digo, querida amiga —repuso Artemis.

—¿Y desde hace cuánto están aquí? —intervino Joshua a la conversación.

NIEVE CARMESÍ

—Pues, llevamos ya una hora de espera, se supone que vendrían por nosotros —continuó Maureen—. Leslie me llamó diciendo que mandaría un auto, pero aún estamos aquí.

—¿Y no hay una manera de movernos al lugar? —preguntó Jeffrey.

—En realidad estábamos esperando un autobús al igual que ellos —dijo Maureen señalando a las pocas personas que se encontraban ahí.

—¡Rayos! —exclamó Jeffrey—. Oye Artemis, pregúntale a esa mujer a qué hora llega el autobús.

—¿Para que me vuelva a hacer lo que le enseñaste? —continuó Artemis—. No gracias. De igual manera podríamos contactar un servicio de transporte.

Bastaron tan solo cinco minutos para que una lujosa y espaciosa furgoneta negra llegara por ellos. Un chofer bien abrigado, que viste una gruesa gabardina, bajó del auto ofreciendo disculpas por la tardanza, pues la nieve provocó que el auto patinara en la helada autopista y la fricción causó que la rueda delantera se reventara. Por suerte, el conductor había solucionado el problema y ayudó a los pasajeros a subir al auto, colocando sus maletas en la parte trasera del vehículo. Los amigos subieron al cómodo auto y se relajaron de camino al lugar a donde fueron citados.

Ya habían pasado más de cuarenta y cinco minutos, Artemis estaba cansado de ver por la ventana y aprovechó para platicar con sus compañeros de viaje.

—Kaleb, felicitaciones por tu nominación —dijo Artemis poniendo su mano en el hombro de su amigo.

—Muchas gracias —contestó Kaleb, continuando la conversación—. Te leo mucho en el periódico, esa investigación sobre la desaparición de la niña años atrás me dejó frío.

ASESINATO NEVADO

—Puedo confirmarlo —continuó Maureen—, tuve que quitarle el teléfono esa noche para que pudiera descansar.

—Te cuento, esa fue una investigación que me tomó casi diez meses —dijo Artemis—. De igual manera, conté con un increíble equipo para realizar entrevistas en zonas aledañas a la ciudad.

—Pero, qué modesto —continuó Kaleb—. Otra persona se atribuiría los créditos de un caso tan impresionante como este, sobre todo si es el tema del momento.

—Qué curioso —repuso Artemis con sarcasmo—, para otras personas suelo ser un engreído.

Jeffrey resopla con una risa aún con los ojos cerrados.

Luego de unos pocos minutos, muy lejos de la penumbra de la carretera, se vislumbra el escenario más mágico que cualquier otro podría disfrutar, sobre todo en una época del año en donde este fenómeno cultural contagia a diversas familias del mundo. Han dejado atrás el parque nacional Banff y la carretera los conduce a un extenso valle al pie de una cordillera nevada, ¿cuál era su mayor atractivo? Pues, de noche las luces adornan a este asombroso pueblo cuya iluminación se asemeja a una hermosa villa navideña de porcelana.

Joshua mira a Artemis con majestuosidad, no puede creer lo que está observando y así fue como pasaron un gran letrero iluminado por las luces navideñas dándole la bienvenida a este extraordinario lugar.

—Señor, ¿en dónde nos encontramos? —preguntó Joshua al conductor.

—Oh, sí, disculpen, sean bienvenidos al valle de Vanguardhill.

Los pasajeros de la furgoneta permanecen fascinados ante el colorido y muy destellante resplandor de las luces. Los adornos de las fiestas decoran los faros en las esquinas de cada calle y, pese a la hora de madrugada, aún hay residentes de la región realizando sus compras.

Los habitantes de Vanguardhill lo tienen todo, tiendas, hospitales, cuarteles de policía y mucho más. A pesar de vivir en un lugar muy alejado de la conocida zona metropolitana, a los pobladores de este lugar no les hace falta nada.

El chofer se detuvo en frente de un establecimiento y para la sorpresa de los invitados, tardaron en darse cuenta que estaban en frente de un hostal.

—Señor, vamos a la mansión Givercross —alcanzó a decir Maureen tajantemente.

—Lo sé, señorita —continuó el chofer—, pero el paso a la montaña a estas horas está cerrado. Es por eso que sigo las estrictas órdenes de su hermana, así que me pidió que los dejara en este hostal hasta la mañana, no se preocupen, ya están registrados. Creo que de igual manera les vendría bien descansar.

Los pasajeros bajaron del vehículo y tomando sus maletas se dirigieron a la recepción del establecimiento. Recibieron una corta, pero muy amable bienvenida de la encargada y les asignó habitaciones a los huéspedes fugaces.

Ya dentro del ascensor, Joshua no desaprovechó el momento para dejar salir unas palabras.

—Advierto que el primero que deje salir un gas, se las verá conmigo —continuó después de una larga pausa.

El grupo de compañeros salió molesto del ascensor porque sabían que era un aviso flatulente de su amigo y, entre risas, llegaron a sus habitaciones para descansar.

Ya es de mañana y el frío matutino de la helada región entra por las pequeñas aberturas de las ventanas. Artemis se dio un baño caliente y se dirigió al recibidor del hostal.

ASESINATO NEVADO

Se supone que el conductor pasaría a recogerlos a las nueve de la mañana y pasadas las nueve y diez minutos, Artemis se comenzó a impacientar. Luego de unos minutos, ve llegar a sus amigos a la habitación, entregan las llaves, y con una pequeña reprimenda, toma la palabra.

—Si llegamos a tiempo, ¿se rompe el hechizo? —dijo Artemis con una ceja levantada.

—¿Qué hechizo? —preguntó Jeffrey.

—El de ser un grupo funcional. Pero no se preocupen, no corremos ese riesgo.

Joshua se limitó a reír, Maureen y Kaleb contuvieron la risa, seguido de Jeffrey que solo volteaba los ojos hacia arriba.

En la pintoresca calle de Vanguardhill podías ver a los habitantes saludarse con una gran sonrisa, personas muy abrigadas y otros en bicicleta levantaban la mano para regresar la aclamación, definitivamente la época navideña es la temporada favorita de los pobladores de esta región. De pronto, la furgoneta negra llegó por los invitados y, colocando sus maletas en la parte trasera del auto, los visitantes subieron al vehículo para continuar con su viaje.

Pasaron unos minutos para que llegaran a su destino. Se detienen en frente de una gran estación de teleférico al pie de una montaña, sacan su equipaje del auto y siguen las instrucciones del conductor. La mansión Givercross está ubicada por encima de la montaña y la única manera de subir, puesto que queda costa arriba, es en una motocicleta de nieve o por medio del teleférico.

La estación está muy concurrida por esquiadores, pero el conductor olvidó decirles a los invitados que el pago hacia la línea de la mansión Givercross tiene un alto costo.

—¡No puede ser! —dijo Jeffrey después de ver las cuotas.

NIEVE CARMESÍ

—¿Qué? ¿Tampoco puedes pagar la inexistente primera clase de un teleférico? —bromeó Joshua.

—No seas imbécil —replicó Jeffrey.

De pronto, unos fuertes gritos provenientes de una quejumbrosa multitud de esquiadores llaman la atención de los amigos.

—De verdad, sentimos lo ocurrido —continuó un empleado de la línea del teleférico—. Pero no puedo dejarlos pasar, la planta de energía está siendo afectada por las bajas temperaturas, estos bajones de electricidad pueden traer lamentables consecuencias para los pasajeros.

—Hice una reserva, para una estadía completa en la mansión Givercross —dijo una joven de cabello castaño oscuro—. No voy a tirar mi dinero a la basura por una falla temporal.

—La línea uno que conduce a la cúspide para esquiadores funciona inestablemente al igual que la línea dos —continuó el empleado—, no puedo exponerlos a algo tan peligroso, temo que su estadía en la mansión tendrá que cancelarla.

—¡Oblígame! —gritó la joven.

De pronto, todos comenzaron a gritar y a empujarse entre sí, hasta que la persona que iba con ella tomó la palabra levantando un bastón.

—Tengo entendido que son bajones, ¿no cree usted que sería mejor reducir el peso de los vagones al transportarnos? —dijo el muchacho ya ahora apoyado sobre el bastón.

—Podría ser, pero aun así es arriesgado —dijo el empleado dudando de sí—. Bueno, suban, paguen en la taquilla y formen una fila para abordar los vagones. Subirán en grupos de tres como máximo.

Artemis, Joshua, Jeffrey, Maureen y Kaleb se dirigieron a pagar, pero cuando notaron el rostro de preocupación de Jeffrey por el alto costo del viaje, Maureen le dijo que descuidara, que ella pagaría su transporte en teleférico.

Las dos figuras involucradas en la revuelta también son parte del grupo de amigos de Artemis, pero dada a la gran multitud de personas, no pudieron acercarse a saludar.

Leslie es la hermana de Maureen. Maureen es mayor que ella por dos años y, la relación con su nueva pareja había traído pequeños conflictos familiares, pero a medida que se desarrollaba su relación, se establecieron como una sólida pareja. Leslie Carpenter trabaja como gerente de recursos humanos en una empresa publicitaria, la misma en donde labora su hermana mayor, pero creciendo en el mundo empresarial, comenzó a vincularse con personas de alto poder sociopolítico, brindando así estrategias sólidas para cumplir con el resultado de campañas políticas electorales; actualmente su profesión como asesora política le genera ingresos mayoritarios, los suficientes para ser completamente independiente. Su actual novio, el deportista Jonathan Mason, genera menos ingresos que los de su pareja, pero estos son administrados e invertidos en la bolsa. Jonathan es jugador de béisbol, pero dado a una inesperada lesión en la rodilla en un juego preliminar a semifinales, tuvo que abandonar su pasión. El médico con el que se atiende le dio respuestas positivas, pero las dolorosas terapias hacían sentir al astro del deporte que su proceso de sanación sería lento. Esa es la razón por la cual usa bastón.

Después de subirse a la plataforma de la línea dos del teleférico, Maureen decide subir con Kaleb y Jeffrey dentro del vagón, dejando a Joshua subir con Artemis en el siguiente. Así fue como se acomodaron los amigos en la espaciosa cabina y, colocando el equipaje y tomando asiento, disfrutan de la vista panorámica de la gélida región en la cordillera nevada del valle de Vanguardhill.

Artemis siente un poco de pavor al ver la altura en donde se encuentra, pero Joshua no se inmutó por su amigo, solo disfruta del hermoso paisaje en donde cruzan.

Mirando hacia un lado, podrías ubicar la línea directa del teleférico que utilizaban los esquiadores, pero la línea dos, aquella en la que se encontraban los amigos, iba cuesta arriba, tal vez unos kilómetros más lejos que la última estación de la línea uno. La suave música instrumental relajó tanto a Artemis que casi se tumba en el asiento para tomar una siesta, hasta que de repente, un fuerte frenazo sacude la cabina. El vagón se mece de un lado al otro y entre el susto, un aviso por las bocinas calma a Joshua y a su amigo que casi se deja caer por el sueño.

—Queridos pasajeros —continuó la voz—. Hemos estado presentando fallas en la planta de energía que alimenta las estaciones de las líneas uno y dos del teleférico de Vanguardhill, manténganse en sus asientos hasta que el servicio técnico del sistema de transporte solucione la falla temporal, muchas gracias por preferirnos.

—¿Preferirnos? —intervino Joshua—. Pero si es el único medio de transporte para usar en esta zona.

—No, mira hacia allá —dijo Artemis apuntando hacia un lado—. Mucha gente para evitar contratiempos utiliza motos de nieve.

Luego de tres minutos de espera, el vagón volvió a retomar su camino en el cableado que conduce hacia arriba. Fue un viaje extraño para el dúo, pero con paciencia, llegaron a su destino. La última estación es un quiosco desolado ubicado en la cima de la zona montañosa, cuando las puertas de la cabina se abrieron, Leslie Carpenter gritó tan fuerte que Joshua se tapaba los oídos con disgusto.

—¡Artemis!, ¡finalmente, después de mucho tiempo! —gritó Leslie—. De verdad estoy tan contenta de que hayan llegado.

Artemis le dio un fuerte abrazo a su amiga seguido de un beso en la mejilla.

ASESINATO NEVADO

Se reunieron en un quiosco que funciona de manera automática y, para la sorpresa de Artemis, el lugar está vacío, solo se encuentra el entrañable grupo de amigos, Maureen, Jeffrey y Kaleb quienes llegaron en el vagón previo al de Artemis y Joshua y, por supuesto, que los que partieron en el primer vehículo. Así fue como Artemis se dio cuenta de la compañía de otra amiga, Susan Daniels. Si bien es cierto, en la pequeña revuelta en la estación del teleférico no pudo distinguirla por la multitud así que, aprovechando la cercanía, no tardó en ir a saludarla.

Susan Daniels es conocida por ser una mujer correcta, su profesionalismo y dedicada pasión por sus ideales la hace resaltar en el grupo. Si sientes la necesidad de contarle a un amigo una dolencia o un problema con el que estés pasando, recurre a Susan, ella siempre sabrá qué decir en momentos oportunos.

Ella es considerada como la amistad más longeva de las hermanas Carpenter, desde el preescolar, siempre convivieron juntas y, cuando el ya conocido grupo de amigos tomaba forma, la inclusión de Susan fue de buen agrado para todos. Actualmente Susan es una excepcional contadora y consultora de impuestos, su excelente currículum como profesional en el área de finanzas, atrajo la atención de Jonathan Mason, quien ganando considerables cifras en una industria como lo es el deporte, confió todas sus cuentas bancarias invertidas en la bolsa para que Susan las administre con exactitud.

—¿Cómo has estado Susan? —preguntó Artemis.

—Pues, ya estoy harta de ver muchos números —continuó Susan con rostro apesadumbrado—. Llevo mis medicamentos para dormir profundamente porque no aguanto la cabeza. Por suerte a Leslie se le ocurrió esto.

—Dímelo a mí, estoy cansado de redactar para el periódico.

En ese momento Jonathan, el novio de Leslie, se acercó a conversar con Artemis.

NIEVE CARMESÍ

—¿Cómo andas, amigo? —preguntó Jonathan.

—Pues a diferencia tuya, mis opiniones no son inválidas.

Ambos rieron tan fuerte que llamaron la atención de otros miembros del grupo quienes llevaban otra conversación.

—De verdad que necesitaba escuchar algo así —continuó Jonathan—. Las terapias han sido dolorosas, por suerte no tanto como las primeras veces.

—Entiendo, pero oye, dentro de poco estarás más saludable.

—Físicamente diría yo —intervino Jonathan—, porque tu periódico me está haciendo una mala jugada emocional.

—¿A qué te refieres? —preguntó Artemis.

—Pues, cada viernes tengo que soportar el amarillismo acerca de mi lesión —sostuvo Jonathan cambiando de semblante—. Hace dos días fui "La tragedia de segunda base" y hace tres semanas atrás "El cojo de las abanicadas", ya no lo soporto.

—Lo siento mucho, Jonathan, pero estas cosas no pasan por mis manos —continuó Artemis con preocupación—. En mi departamento no manejo deportes, solo noticias nacionales, locales, de sociedad y económicas. De igual manera, tengo que hacer unas cuantas llamadas para hacerle un favor a Jeffrey, aprovecho y vemos qué puedo hacer, ¿te parece?

—Está bien —finalizó Jonathan con todo apacible—. Yo solo quiero que este infierno acabe de una vez por to...

Jonathan se detuvo mirando hacia las afueras de la cúpula de cristal que funcionaba como estación.

—Chicos, ¿alguien lo conoce? —alcanzó a decir Jonathan apuntando a una figura bien abrigada que se dirigía hacia ellos a través de la nieve.

CAPÍTULO IV

Todos están a la expectativa de la persona que se acerca, camina con facilidad a pesar de cruzar la gruesa capa de nieve que tiene a sus pies. Y luego de acercarse a la puerta de cristal, toma la manija y se adentra a la pequeña estación. Todos están en completo silencio y la figura del desconocido aún está de pie viéndolos desde su posición. Lleva unos lentes para esquiar, unos gruesos guantes y una larga gabardina afelpada. Y tan pronto como se quitó las gafas, suspiró y tomó la palabra.

—¡Pero qué grupo tan étnicamente diverso! —exclamó con una gran sonrisa.

—Espera, ¿acaba de decir un comentario racista? —murmuró Joshua a su amigo Artemis.

—Temo que sí —le respondió de igual manera.

—Soy Joe Palmer, administrador de la mansión Givercross, es un placer saludarles.

—Ah, hola —continuó Leslie acercándose a Joe extendiendo la mano—. Soy Leslie Carpenter.

—Ah sí, fue usted quien se encargó de hacer la reservación con mi compañera —responde Joe sin dejar de agitar la mano.

—Y... ¿dónde está? —preguntó Maureen.

NIEVE CARMESÍ

—Ah, ella los espera en el recibidor de la mansión —continuó Joe—. He venido por ustedes, fui telefoneado desde la estación principal, me avisaron que los invitados ya habían llegado, así que vine por ustedes.

—Bueno ¿qué estamos esperando? —alcanzó a decir Jeffrey con entusiasmo—. Estoy demasiado cansado y necesito relajarme.

—Perfecto, todos tomen sus maletas y abríguense bien.

—¿Qué no vendrán por nosotros? —preguntó Jonathan.

—Oh no, descuida, solo debemos bordear ese pequeño arbusto y ya estaremos frente a la entrada de la mansión.

Así fue como Joe lideró el grupo caminando frente a ellos dirigiéndose a la mansión y, tal cual como ya había mencionado, el terreno es muy firme, un poco curioso para una instalación construida en una zona montañosa, la entrada de la mansión estaba relativamente cerca, solo fue un pequeño viaje desde la estación hasta la entrada. A primera vista, la mansión es inmensa, se encuentra en un área boscosa nevada y su arquitectura moderna de piedra de mármol, perfectamente colocada, da cierto contraste entre el color albino de la nieve y el atractivo del lugar. La mansión cuenta con dos plantas: la de arriba, a primera instancia, da la sensación que es sostenida por pilares del mismo material con el que fue construida la estructura.

Joe toca la puerta y automáticamente esta fue abierta por una mujer un tanto regordeta de unos treinta y tantos años.

—Hola a todos, sean bienvenidos a la mansión Givercross —dijo amablemente la joven en la entrada—. Soy Darlene Bowers, la ama de llaves. También estoy a cargo de la administración junto a Joe.

Los visitantes pasan a la muy acogedora estancia y se quitan los abrigos.

ASESINATO NEVADO

—No se preocupen por sus equipajes, estos ya fueron registrados —continuó Darlene—. Así que los pueden colocar aquí en recepción, que los botones y mucamas se encargarán de llevarlos a sus habitaciones.

Artemis limpia sus gafas y observa boquiabierto el techo del lugar, hay un gigantesco candelabro de cristal bien posicionado en el techo del recibidor. Un enorme árbol de Navidad está junto a ellos y, a su derecha, una escalera de dos tramos que conduce al segundo piso.

—¿Extasiado señor Millburn? —preguntó Joe luego de quitarse el abrigo y las gafas.

Artemis lo observa en completo silencio y asiente con la cabeza.

El aspecto de Joe es amigable, estatura media y cara redonda, su peculiar forma de las orejas llama mucho la atención de quienes están frente a él y, con una gran sonrisa volvió a tomar la palabra.

—A mi mano derecha, tenemos el salón de música —dio unos cuantos pasos y abrió rápidamente la puerta, todos se asoman sin ingresar a este salón, y observan con curiosidad.

—Vaya, sí que son muy conservadores con el ruido —dijo Kaleb con rareza.

—¿A qué se refiere señor Davies? —preguntó Joe.

—Pues, veo que solo tienen instrumentos de viento y cuerda, ninguno de percusión —continuó Kaleb—. Salvo por este espectacular piano.

—El piano puede ser un instrumento de percusión y de cuerda, señor Davies —acotó Joe—. Usted como músico debería saberlo.

—Ups, creo que acaban de humillar a alguien —dijo Susan con cántico burlón.

NIEVE CARMESÍ

—No me parece gracioso, mi esposo es un músico muy talentoso, me enseñó a tocar *Winter* de *The four seasons* de Vivaldi —dijo airosa Maureen.

Todos retroceden cuando Joe cierra la habitación y se dirige a una puerta doble al otro lado del recinto. Darlene, que estaba en el mostrador en una esquina del recibidor, dio un pequeño salto sobre su asiento y tomó la palabra.

—Un momento, tengo registrado a diez personas, ¿hace falta alguien más?

Extrañados, se miran entre sí y Leslie lo recordó.

—Sí, hace falta una amiga —continuó—. Se llama Roxanne Carter, no hemos recibido respuestas de ella, así que temo que no nos acompañará estos días.

—Entiendo, pero de igual manera, me aparece una confirmación doble directa de ella —dijo Darlene—. Posiblemente sea un error del sistema, supongo que ya viene en camino.

Joe no deja de sonreír a los invitados y vuelve a hablar con mucho entusiasmo.

—Bien, no podemos esperarla, iniciaremos el recorrido a través de esta puerta.

Joe abrió la puerta doble y mostró dos pasillos perfectamente iluminados, paredes de madera y suelo alfombrado de color rojo oscuro, los guio al pasillo de la izquierda y solo se limitó a hablar y a abrir las puertas del lugar como si recitara un ensayo.

—Por aquí, a mi mano izquierda tenemos el salón de juegos, como pueden ver, el lugar cuenta con diversas estaciones, aquí podrán pasar una tarde de diversión, ya sea en la mesa de billar, la de póker, *hockey* de mesa, tablero de dardos y mucho más.

La habitación está repleta de estos juegos, al mismo tiempo,

ASESINATO NEVADO

cuenta con sofás reclinables para el disfrute de los invitados.

—Siguiendo el recorrido, por aquí tenemos el gimnasio, contamos con una amplia gama de máquinas de entrenamiento físico y, como pueden observar en la pared, tenemos un tablero con información que les pueda servir de mucha orientación, si necesitan trabajar una zona corporal en específica, solo deben seguir las rutinas —Joe continuó después de tomar aire—. Por acá a mi mano derecha está mi lugar favorito.

—¿Y qué tiene de especial? —preguntó Jeffrey con sarcasmo—. Ahí solo dice oficina.

—Ese es el chiste señor Goodman... es mi oficina.

Todos se miran en silencio y Joshua contiene la risa.

—Al final de este pasillo tenemos la puerta que conduce a la parte lateral de la mansión.

Joe no abrió la puerta, pero sí subió las persianas para que todos pudieran observar una enorme lona azul extendida en el suelo.

—Esta es la piscina termal, por ahora está en mantenimiento, lamento decirles que se encontrará cerrada por un par de semanas debido a las bajas temperaturas, ya que terminó congelándose.

—Yo vine a este lugar para disfrutar de la piscina —dijo Jonathan apoyado sobre su bastón—. Mi doctor me recomendó seguir con las terapias.

—No se apresure señor Mason —intervino Joe—. El recorrido aún no acaba.

Todos abrieron paso a Joe que cambiaba de dirección y regresó por el pasillo por el que se habían adentrado. Pasaron el gimnasio, la sala de juegos y detuvo al grupo con su mano derecha hacia arriba.

NIEVE CARMESÍ

—A mi mano izquierda tenemos la habitación principal de la primera planta —continuó Joe sin dejar de sonreír. Abrió una puerta doble con las dos manos y permitió que el grupo se adentrara a la habitación.

—Esta es la sala o den, como quieran llamarle, contamos con una chimenea y diversos asientos de cuero.

—¿Qué son esas armas? —preguntó Artemis con curiosidad.

—Son propiedad de la familia Gale, los actuales dueños de la mansión.

Artemis mira con cautela el tablero en la pared que contiene armas de fuego de diversos tamaños. Él desconoce de estos instrumentos y, casi siempre cuando redacta noticias sobre acontecimientos en donde estos artilugios están involucrados, suele hacer una pequeña llamada a su amigo Joshua que lo oriente, ya que conoce perfectamente sobre armas.

En ese momento, Leslie se quedó petrificada viendo unas dagas en una vitrina de la otra zona de la habitación y llamó a Joe para que le diera más información.

—Verá, cuando el señor Gale invertía regularmente en negocios con empresarios persas, casi siempre cerraba sus tratos con regalos —continuó Joe tras una pausa—. Luego estos empresarios daban muestras de agradecimiento al señor Gale obsequiando dagas imperiales originarias de las zonas arábicas.

—Pero qué interesante, son hermosas —expresó Leslie.

La habitación es enorme, un segundo árbol de Navidad decora el lugar, los sillones están perfectamente colocados frente a una mesa y, unos metros más, está la chimenea.

—De este lado tenemos un bar, esta es una pequeña extensión del bar principal que tenemos en la siguiente habitación, síganme.

ASESINATO NEVADO

Los invitados se encontraban fascinados por el lugar y, en la siguiente puerta del pasillo, hallaron otro conducto que llevaba a mano derecha.

—Este es el bar principal —alcanzó a decir Joe luego de abrir la puerta de una espaciosa estancia con mesas relucientes y una larga encimera de mármol, del otro lado un *bartender* los espera para atenderlos. En ese momento, Joe detuvo a Joshua que quería ingresar al salón.

—Sin precipitarse señor Simmons, aún nos hace falta ver más.

Frente a ellos el pasillo culmina con dos puertas, al fondo solo se limitaron a ver debajo de las persianas, y Susan cuestionó al administrador.

—¿Qué son esas casas?

—¿Cuáles? —preguntó Joe.

—Aquellas detrás de la mansión.

—Ah, esas son las villas de los empleados —continuó sin ánimos—. Al final del día, después de atenderlos, salimos para nuestras habitaciones a descansar. Bien —recobró su enérgico entusiasmo para seguir hablando—. Esta puerta nos lleva a un lugar muy especial, señor Mason, ¿está preparado?

—¡Por supuesto! —respondió Jonathan con entusiasmo.

Joe abrió la puerta y condujo al grupo por un pequeño pasillo con casilleros a los lados, seguido de esto, otra puerta ligera da paso a una inmensa alberca bajo techo.

—La mansión Givercross tiene como principal atractivo esta maravillosa alberca techada —continúa con regocijo mientras camina—. Como pueden observar, las paredes son de cristal. Si bien es cierto, nos encontramos en una zona helada en donde las bajas temperaturas suelen interceptar los interiores, este domo de vidrio ha sido instalado por los mejores ingenieros del país, el cristal es tan grueso que es reforzado con una fibra resistente al frío y calor, es por eso que, a pesar de tener la sensación de estar por así decirlo, afuera, la temperatura sigue siendo la misma que la del interior de la mansión.

—Esto es fascinante —dijo Artemis sin dejar de tocarse el rostro.

—Aún nos hace falta ver un poco más del recorrido, señor Millburn.

Y así fue como todos siguieron a administrador por el pasillo que hacía falta.

—Esta área de la mansión será la más transitada, puesto que es la zona de relajación —dijo Joe seguido de extender sus manos como alas—. A mi mano derecha tenemos la sala de cine, si pueden observar, contamos con una gigantesca pantalla de alta tecnología, butacas reclinables y un área de *snacks* ilimitados.

Artemis ama el cine y, tener a su disposición una sala para ver películas es lo que siempre soñó, seguramente pasará uno de los mejores días en ese lugar.

Joe cerró la puerta para continuar el recorrido con la puerta de enfrente.

—Este es el restaurante, gozamos de un bufé abierto desde la siete y media de la mañana, hasta la diez de la noche. De igual manera, tenemos asistentes que los ayudarán brindándoles el menú, solo si desean algo un poco más sofisticado.

El restaurante es amplio, cuenta con diversas mesas y, a un extremo, se veían salir una y otra vez por una puerta los chefs y meseros sobre la barra.

—Supongo que esa de ahí es la cocina —afirmó Maureen.

—Así es, y es solo para personal autorizado —siguió Joe—. Al

ASESINATO NEVADO

final de este pasillo, tenemos dos puertas, la del final que conecta con la segunda entrada a la piscina termal, y esta que nos da la bienvenida al *spa*.

—Oh, Dios mío, finalmente —gritó Maureen.

—Sí, muchos invitados quedan fascinados por el *spa*, pero lamento decirles que se encontrará cerrado hasta mañana.

—¿Por qué? —preguntó Kaleb.

—Bueno, tienen que darle mantenimiento al sauna —continuó el administrador con cautela—. Tener un sitio así en una zona como esta requiere de mucho cuidado y las masajistas están libres el día de hoy.

—No se desanimen, mañana seguramente disfrutaremos del lugar —dijo Susan, apacible.

—Así es, una vez más, sean bienvenidos, el recorrido ha finalizado.

—¿Y la segunda planta? —preguntó Leslie.

—Esa parte la descubren por ustedes, son las habitaciones. Solo deben dirigirse a la recepción con Darlene y ella les otorgará sus tarjetas.

CAPÍTULO V

Joe los dejó para que exploraran el lugar, pero la curiosidad por saber más sobre la segunda planta los tenía a la expectativa. Así que se dirigieron a la recepción de la mansión, entre risas, con pasos apresurados. Leslie tomó las manijas de la puerta doble para abrirla y todos se sorprendieron por una peculiar escena, no, nada tenía que ver con que las maletas ya no están en el recibidor, sino que su última invitada al fin llegó, pero acompañada de alguien más.

—¡Roxanne, al fin llegas! —gritó Susan en lo que abraza a su amiga.

Todos fueron hacia ella para saludarla, ignorando por completo a la persona que la acompañaba.

Roxanne es una hermosa mujer de baja estatura, de hecho, es la más pequeña de sus amigos. Midiendo uno cuarenta y tres metros de altura, Roxanne se posicionó en la industria cosmetológica como figura de redes sociales, una medida poco convencional para una modelo dentro del mundo del espectáculo. Anterior a esto se preparó académicamente para la administración aduanera y abandonó en el último año, abriéndose paso en lo que ahora es su pasión. Roxanne es camaleónica con su cabello, nunca dura mucho con un mismo estilo. Ella acostumbra a jugar mucho con su melena, a veces suele pintarlo o cortarlo, según sus emociones puedes darte cuenta de su temperamento actual. Sí, Roxanne es

ASESINATO NEVADO

una mujer de carácter fuerte, una característica muy particular para una persona de su porte.

Roxanne no deja de sonreírle a sus amigos, ya que ha pasado tanto tiempo desde la última vez que se vieron.

—Mírate, qué hermosa te vez con el cabello negro —continuó Maureen luego de tocarle el rostro—. Y también te lo cortaste.

—Se te ve increíble —intervino Leslie—. Quítate los lentes de sol, estamos adentro.

—Oh, no, tengo unas ojeras que hacen falta retocar —respondió Roxanne con rapidez mientras se sostiene los lentes de sol—. ¿Jeffrey?, me sorprende que hayas aceptado una invitación.

—¿Cierto?, lo mismo le dije a Susan y a Jonathan, no creí que desde hace muchísimo tiempo volvería a reunirse con nosotros.

Artemis, que estaba con el ceño fruncido ignorando la conversación, ve a la persona que acompaña a Roxanne, sin duda alguna, es quien al igual que él, ninguno en la habitación lo tolera.

Ronald Fisher, la superestrella del baloncesto. Tal como Jonathan, Ronald es considerado un astro en ascenso en su rubro deportivo. Ronald sale con Roxanne desde hace dos años y, desde que llegó a la vida de Roxanne, no ha traído otra cosa que problemas. Ronald solo ha aprendido a ser un egoísta manipulador en la vida de su novia, cada logro ganado por parte de ella en el mercado del entretenimiento, es minimizado por él, con comentarios hirientes y calculadores, típico de un narcisista cuyo disfrute es hacerle mal a otros. Ahora se habla mucho de su talento en el deporte, pero la realidad de su vida íntima es distinta a la que los fanáticos lo asocian.

—Vaya, veo que has traído al poste de luz sin responsabilidad afectiva —dijo Artemis con aire prepotente.

Unos rieron y otros contuvieron la risa.

NIEVE CARMESÍ

—Sí que te gusta llamar la atención, "profesor" —dijo Ronald mientras camina lentamente hacia Artemis—. No cabe duda que te encanta ser el centro en momentos como este, sobre todo cuando incomodas a tu querida amiga frente a los demás.

Artemis y Ronald están cara a cara y, tomando en cuenta lo que le acababa de decir, volteó para ver a Roxanne quien tiene un semblante apesadumbrado.

—Lo siento —alcanzó a decir Artemis a Roxanne.

—Tu impulsividad crea ambientes como estos —continuó Ronald caminando hacia el mostrador—. Estoy exhausto, necesito dormir.

Así fue como Darlene le entregó una tarjeta a Ronald y este subió a la segunda planta. El grupo de amigos, en silencio, comenzó a hacer fila para buscar las tarjetas de sus habitaciones.

Artemis tomó a Roxanne por el brazo y la llevó al lado del árbol de Navidad.

—¿Todo va bien?

—Sí, perfecto —respondió Roxanne con desánimo.

—Te conozco muy bien, eres mi amiga y te quiero muchísimo —continuó Artemis con enojo—. Pero si me vuelvo a enterar que ese imbécil te puso otra vez las manos encima, no voy a tener piedad.

—Pero, ¿de qué hablas? —murmuró Roxanne.

—Los lentes. No estás ocultando ojeras —intervino Artemis.

Roxanne bajó el rostro lentamente hacia un lado y se tocó el codo de la mano derecha.

—Mírame, sé que eres una mujer fuerte —aseveró Artemis—. Y sé que puedes con esto. Así que voy a respetar tu espacio estos

ASESINATO NEVADO

días, pero si necesitas contarme algo, llámame sin dudarlo, ¿está bien?

Roxanne, aún con los lentes oscuros puestos, asintió con la cabeza y una lágrima se deslizó por su mejilla.

Cuando miraron hacia el recibidor, se dieron cuenta de que los demás ya se habían retirado, así que se dirigieron al mostrador y Darlene les entregó sus respectivas tarjetas.

Subiendo por las escaleras, notan que los pasillos de la segunda planta son diferentes, cuadros de veleros y de especies marinas adornan los pasillos de la mansión. Se puede ver frente a la escalera la primera habitación y, hacia la izquierda sigue la numeración. Artemis se percató de que el pasillo a su derecha tiene el número seis en una puerta y hacia el otro lado el número tres. Se despidió de su amiga y siguió el camino que consideraba más rápido que lo llevara a la habitación número cinco, la suya.

Antes de abrir la puerta de su habitación notó que desde allí podía vislumbrar dos pasillos, la habitación está en una esquina en la segunda planta. En ese momento escuchó ruidos y seguido vio correr y gritar a Maureen, Leslie y Susan quienes se tiran almohadas mientras Jonathan observa en el otro lado del pasillo, apoyado sobre su bastón. Artemis sonrió con sentimiento y entró a su estancia.

Una hermosa habitación de lujo con una cama matrimonial con dosel, iluminación cálida y gruesas cortinas cuelgan en las ventanas. Vio su equipaje al lado del mueble de cajones de ropa y se sentó a analizar su espacio. Maravillado por la cómoda habitación, fue al baño para alimentar su éxtasis y se enamoró de la bañera. Se puso zapatos cómodos y se dirigió al restaurante para almorzar, en lo que iba bajando las escaleras, todo se tornó oscuro, las chicas gritaron desde donde estaban y Artemis dio un brinco de espanto. Bajó lentamente para no tropezar y llegó al recibidor que tenía poca iluminación proveniente de las ventanas. Darlene, la asistente administrativa, estaba sentada con la mirada

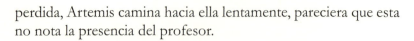

perdida, Artemis camina hacia ella lentamente, pareciera que esta no nota la presencia del profesor.

—Señorita Bowers, ¿se encuentra bien? —preguntó Artemis con cautela.

—¡Aaah! —gritó Darlene.

—Oh, lo siento mucho, no quise asustarla.

—No se preocupe señor Millburn —alcanzó a decir Darlene apenada con las manos enfrente—. Es mi culpa.

—¿Qué quiere decir?

Darlene con mucha pena se acercó suavemente a Artemis.

—Padezco de lagoftalmos, suelo dormir de vez en cuando con los ojos abiertos.

—Te asustaste con Artemis —bufó Jeffrey caminando por el recibidor hacia la puerta doble que conduce a los pasillos—. ¿Qué pasa? ¿Acaso eres racista señorita Bowers?

Jeffrey desapareció de la vista.

—Señor Millburn, no es cierto —repuso Darlene apenada con la vista hacia abajo—. Yo sería incapaz de faltarle el respeto a los huéspedes.

—Tranquila, jamás suelo hacerle caso a Jeffrey —dijo intercambiando sonrisas con Darlene para animarla. Justo en ese momento regresó la luz a la mansión.

—Ay, estos bajones de luz me tienen harta —dijo Darlene regresando a su silla de trabajo detrás del mostrador.

—¿Y por qué sucede?

—Es la planta de energía —continuó Darlene mientras encendía

ASESINATO NEVADO

el ordenador—. La planta suele alimentar el sistema de tránsito del teleférico y parte de los establecimientos que se encuentran cerca de la línea uno y dos de la montaña.

—Sí, notamos un fallo en lo que subíamos en el vagón.

Darlene no deja de teclear sobre el ordenador y, para no molestarla, Artemis se dirige al restaurante para almorzar.

Está prácticamente vacío, salvo por Jeffrey y Joshua quienes conversan alegremente en una mesa de seis asientos.

—Te lo estoy diciendo Joshua, cuando termino de escribir un monólogo, sé cuándo va a tener un buen recibimiento, afuera de Longderry me va mucho mejor.

—Qué irónico —se unió Artemis a la conversación tomando asiento—. Casi siempre Longderry es tu locación para cerrar tus giras.

—No en esta ocasión —intervino Jeffrey levantando el dedo índice—. A no ser que ese maldito gordo hijo del demonio decida firmar convenios para agotarme.

—¿Tienes problemas con Monty? —preguntó Joshua.

—Larga historia amigo, luego te cuento —finalizó Jeffrey.

En ese momento llegó un mesero para tomar la orden. El restaurante funciona de manera habitual, si vas directo al bufé, puedes disfrutar de los diversos alimentos de la barra, pero si permaneces sentado en una mesa vacía, un mesero llega a recibir tu orden del menú especial con una alta variedad de alimentos a la carta que no se encuentran en el bufé.

Los tres amigos pidieron pasta y continuaron platicando toda la tarde hasta que Jonathan ingresó al restaurante con una gran sonrisa.

NIEVE CARMESÍ

—Pero mírate qué radiante estás —dijo Jeffrey—. Parece que a alguien lo alegraron con algo.

—No seas idiota —dijo Jonathan apoyando su delgada mano sobre el hombro de Jeffrey.

—A ver, cuéntanos, ¿qué te tiene así? —continuó Joshua—. Creo que todos sabemos quién es.

—¡Ya basta! Evidentemente es Leslie —acotó Jonathan—. Pero no por las razones que creen. Hace diez minutos estaba en el teléfono hablando con un médico extranjero, pues resulta que puedo acelerar mi proceso de recuperación con este especialista... volveré al campo chicos, y gracias a una fantástica mujer.

En ese momento Artemis pudo notar cómo la voz de su amigo casi se quiebra, Jonathan anhela con el alma volver a jugar en las grandes ligas de béisbol.

—¿En serio tanto significa eso para ti? —continuó Jeffrey—. Ni que fuera una anciana de setenta años sin dentadura.

—¿Y por qué sería una anciana…?

—No preguntes, de verdad, ni le preguntes —respondió Artemis a Joshua que no terminó de formular la pregunta.

El grupo de huéspedes está disperso en la mansión, todos instalados en cada espacio preferencial. Kaleb toca el piano en la sala de música, Jonathan nada en la alberca con Leslie, Susan y Maureen. Roxanne camina por los pasillos para conocer el lugar, tomando en cuenta que ella no estaba presente en el recorrido, así mismo Ronald aún descansa en la habitación y Joshua junto a Jeffrey beben en el bar entre pláticas. ¿Y Artemis?, por supuesto que está en la sala de cine disfrutando de un musical.

El día pasa lento y cuando Artemis intenta abrir la puerta de la sala para salir, escucha murmullos por parte de alguien. No tarda en distinguir la voz de Leslie, quien se escucha molesta.

ASESINATO NEVADO

—Si le meto el cuchillo y es el equivocado, estaremos en graves problemas, nadie debería verlo así.

¿Pero qué es esto?, ¿una amenaza? Artemis cerró la puerta de la sala y esperó un minuto antes de salir. Su cabeza comenzó a trabajar porque había sentido un poco de terror. Caminó en dirección hacia su habitación con cautela, notó que Darlene duerme con los ojos abiertos y cruzó el recibidor sin necesidad de despertarla.

Ya en la segunda planta, se detuvo ante un muro para ver en dirección hacia la puerta del cuarto de Leslie, aunque todo parece estar en orden, su amiga se comporta de una manera extraña. Aún con el traje de baño, Leslie tenía su cabeza apoyada en la puerta de su habitación y, sin dudarlo, Artemis se acercó a ella para preguntarle sobre aquella conversación que acaba de escuchar.

—¿Leslie?, ¿te encuentras bien?

—Efectivamente.

—Te escuché hace un rato en el pasillo, sabes que puedes hablar conmigo de lo que sea.

Leslie le lanzó una mirada fulminante a Artemis y luego de un respiro tomó la palabra.

—No sé de qué estás hablando, deberías cambiarte de ropa, ya nos reuniremos en la sala principal.

—¿Qué hay en la sal...?

Leslie se adentra en su habitación con un fuerte portazo, dejando a Artemis solo a mitad del pasillo. Así que se dirigió a su estancia, se dio un baño y se puso una ropa cómoda, presentable para comer, ya que la hora de la cena se acerca.

Los bajones de electricidad continuaron esa noche y los afectados dejaron de gritar; se acostumbraron a esta inesperada eventualidad que, con el tiempo, se volvió esperada.

Artemis se topó con Ronald en el pasillo y, sin voltear a verlo, siguió su camino llegando al restaurante. Observan a Joe, el administrador, bloquear la entrada de este.

—La señorita Carpenter me dijo que hoy comerán en la sala principal —continuó Joe—. Ya dentro de unos minutos los asistentes de la cocina llevarán la barra del bufé hacia allá.

—Pero, ¿si quiero comer algo del menú especial? —cuestionó Ronald.

—Lo siento mucho señor Fisher, pero ahora los cocineros se encuentran muy ocupados.

—Estamos pagando una estadía aquí —repuso Ronald—. ¿Cómo es posible que nos nieguen a elegir lo que queramos comer?

—Pues, tengo entendido que usted durmió todo el día, no es nuestra culpa que no haya aprovechado cuando el establecimiento estaba abierto.

—Mi amor, ¿quieres ser más amable con el administrador, por favor? —alcanzó a decir Roxanne mientras caminaba hacia él.

Ronald volteó los ojos y cambió de dirección, Roxanne intentó tomarlo por el brazo para calmarlo y este se zafó para dirigirse a la sala.

Artemis intercambió miradas con su amiga, le lanzó una media sonrisa a su amigo y entró en la sala que ya estaba abarrotada por el diverso grupo de amigos.

La velada va de maravilla, pero Artemis vuelve a notar el extraño comportamiento de Leslie. Para relajarse, Artemis se sirve una copa de vino blanco y comenzó a degustar de la amplia variedad de quesos presentados en una enorme bandeja.

ASESINATO NEVADO

Artemis disfruta cada bocado, al punto que da saltos de disfrute.

—Pero mírate cómo lo deleitas —continuó Maureen acercándose hacia su amigo—. De verdad que necesitabas venir a relajarte en este sitio.

—Artemis, ¿por qué es que das brincos después de cada bocado? —preguntó Jonathan uniéndose a la plática—. Quiero pensar que reaccionas así por los recuerdos de tus ancestros.

Artemis se limpió con una servilleta y se aclaró la garganta.

—Una persona como yo sabe cómo disfrutar de una comida bien preparada —continuó con seguridad—. Lastimosamente, no lo puedes entender porque solo conoces la sal para sazonar tus platillos.

Algunos cercanos al grupo rieron para luego unirse a la plática y Jonathan, que quedó sin palabras, decidió apartarse para dirigirse a donde Leslie, quien parece distante y sumida en sus pensamientos.

La chimenea de la habitación está apagada, según el administrador, no hay suficiente leña para encenderla, es por eso que anunció que a la mañana siguiente, recolectarán un poco para alimentar de calor los días en que se van a hospedar. Entre la suave música del tocadiscos, unos tomaron parejas para bailar.

Jeffrey fue en dirección hacia Maureen para invitarla al centro de la habitación, al mismo tiempo Joshua sacó a Susan y Artemis invitó a Roxanne.

Todos dan vueltas en la sala y Jonathan solo camina de un lado al otro para seguir observando. Entre risas y aplausos, comenzaron a dar vueltas.

Artemis se detuvo, porque después de tanto vino blanco, siente que todo le da vueltas. Así fue como volvieron a intercambiar parejas. Leslie se levanta y baila lento con Jonathan, Roxanne con Ronald, Susan sigue con Joshua y Kaleb pidió bailar con su esposa.

Jeffrey amablemente le cedió la pieza y se detuvo al lado de Artemis, quien notó un pequeño brillo en los ojos de su amigo, quien se había apagado un poco, puesto que su corazón no estaba tan conforme con el final que tuvo.

En años posteriores Jeffrey y Maureen eran mejores amigos, desde antes de que el grupo se formara. Jeffrey con el tiempo se enamoró de Maureen, pero al confesar ese dilatado sentimiento, Maureen lo rechazó. Ella solo lo veía como un hermano y, continuando como su más fiel confidente, Jeffrey comenzó a apartarse del grupo, pues sintió que ya nada podría seguir igual. Hasta el sol de hoy, lamenta haberse alejado de la vida de sus amigos, todo por un amor no correspondido.

La noche avanza bien, todos comen, platican y beben. De pronto, Susan decide realizar un juego de preguntas del que nadie quiso participar, así que volvieron todos a bailar en la pista, aun sin pareja y, entre empujones, la luz de la habitación se disipó.

Un bajón de energía, como los anteriores, se hizo presente. Todos están en silencio entre la oscuridad, porque confían plenamente en que la luz volverá como de costumbre. Pasó solo un minuto desde el apagón y, de repente, un fuerte quejido se escuchó luego de un golpe en seco en el suelo alfombrado.

Cuando la luz volvió, los gritos ahogados por parte de Leslie los espanta. Artemis se apartó y la escena que distinguió al igual que sus amigos lo dejó impactado.

Jonathan yace boca arriba muerto en el suelo, su bastón está muy cerca de él y en su pecho está incrustada una daga imperial, de esas de la vitrina que más temprano vieron en esa misma habitación. Artemis da un vistazo desde su posición y, en efecto, la vitrina está abierta, pero... ¿quién habrá sido?

ASESINATO NEVADO

Maureen y Susan gritan y los demás se quedan mudos, espantados ante la sangrienta escena, la alfombra del cuarto está manchada de sangre y Leslie no deja de llorar la pérdida de su novio.

En ese momento, cierta impulsividad de Artemis se apodera de su ser. Corre hacia la puerta de la habitación y la asegura desde adentro. Sus amigos, perplejos, lo miran con extrañeza.

—Hubo un asesinato en este lugar —continuó Artemis—. Y no crean que voy a permitirles ocasionar otro.

—¿Y qué?, ¿piensas encerrarnos a todos en el mismo cuarto para que alguien más nos ataque? —alcanzó a decir Jeffrey—. Creo que no eres muy inteligente, profesor.

—¿Por qué estás tan preocupado, Jeffrey? —cuestionó Artemis con suspicacia mientras se acerca a su amigo—. Hablas demasiado para ser alguien que no ha cometido un delito, por cierto, estabas hace unos minutos de pie en el mismo lugar en donde apuñalaron a Jonathan.

—Veo que quieres jugar al detective —repuso Jeffrey con tono retador—. A ver, ¿cuál es tu deducción, profesor? Porque en eso eres el indicado, deducir para errar. ¡Hazlo ahora! Porque todos queremos saber en esta habitación quién mató a Jonathan.

—Más respeto por favor —dijo Kaleb con los ojos cristalizados—. Acabamos de perder a alguien.

Leslie aún llora y Susan, quien de rodillas acompaña a su amiga, da un vistazo hacia Artemis y toma la palabra.

—Entiende que no todo se trata de ti, Jeffrey, Artemis solo quiere ayudar —Susan se levantó del suelo y alzó la voz—. ¿¡Quién lo hizo!?

Todos guardan completo silencio y, caminando hacia la vitrina de las dagas, Susan tomó una y se acercó a cada uno de los huéspedes y empezó a amenazarlos con preguntas.

—¿Tú lo hiciste?, ¿no? ¿Entonces fuiste tú? ¿Tú lo hiciste?, ¡dime la verdad!

Y entre llantos, Susan cayó al suelo desconsolada y Joshua, de pie, frente a ella, le quitó la daga y la regresó a la vitrina.

—Efectivamente, uno de nosotros lo hizo —continuó Artemis dando pasos lentos en la habitación—. Y si debemos llegar a un punto absoluto, tendré que interrogarlos.

—¿Y qué? ¿Piensas abrir un caso? —intervino Ronald—. ¿Quieres resolverlo y hablar pestes a costa de la pérdida de tu amigo para tener un poco de atención en el mundo del periodismo?

—Ya déjenlo, Artemis solo quiere ayudar —repuso Roxanne.

—¿Ah sí? ¿Y cómo sé que él no es el asesino?

—¡Porque si lo fuera y tuviera un arma en mi poder, acabaría contigo maldito bastardo! —gritó Artemis.

—Interesante, ¿y por qué no tomas sobre la pared un arma de caza y me disparas? —acotó Ronald, desafiante.

Joshua se para frente a Artemis para evitar que Ronald se le acerque más.

—Tranquilo amigo —continuó Artemis mientras da palmadas en la espalda de Joshua—. Tiene razón el larguirucho. Todos en esta habitación somos sospechosos.

Leslie continúa con la vista perdida y Maureen se acerca a Artemis con cautela.

—Debemos contarle al administrador lo que acaba de pasar, hay que sacar el cuerpo de aquí —finalizó Maureen.

Artemis asiente con la cabeza y abre la puerta, después de llamar a Joe, quien se acerca corriendo.

ASESINATO NEVADO

—¡No puede ser! —gritó Joe llevándose una mano hacia el pecho—. ¿Qué acaba de pasar?

Artemis le contó lo ocurrido a Joe y mandó a que buscaran a algunos hombres de servicio para llevar el cuerpo a otro lugar.

Pensaron en cómo iban a resguardar el cuerpo sin vida de Jonathan Mason, hasta que un ayudante de cocina quien ya estaba en la puerta de la habitación, sugirió que lo llevaran al cuarto de congelación.

—¿Y dónde está ese lugar? —preguntó Artemis.

—La habitación está atravesando la cocina —respondió el muchacho.

Roxanne tuvo la idea de pedir sábanas, ya que, para preservar mucho mejor el cuerpo de la víctima, lo lógico es envolverlo.

Cuando envolvieron el cuerpo, Artemis aclaró que dejaran el arma incrustada en su pecho, ya que tenía planeado llamar a un real especialista en casos como estos.

—Joe, ¿puedo usar el teléfono? —preguntó Artemis.

—No creo que pueda ofrecerlo, señor Millburn. —dijo Joe con voz lastimera—. Las líneas telefónicas están caídas debido a las interferencias de la planta de energía.

—Pero qué conveniente —murmuró Artemis—. Bueno, intentaremos resolver esto.

En ese momento los ayudantes de la cocina levantaron el cuerpo de Jonathan y lo llevaron al congelador, Artemis junto a los demás lo siguieron y observaron el lugar que se supone que era solo para personal autorizado.

Y sintiendo un delicioso aroma, Artemis intercambió miradas con Joshua y sonrieron al unísono.

—¿Acaban de hornear? —preguntó Joshua.

—Sí, un bizcocho de vainilla —respondió el chef quien veía temeroso la escena.

Artemis se acercó a un tazón con crema y dedujo cuál era la cobertura que le iban a colocar al pastel. Después de pasar su dedo para probar, notó un muy intenso sabor a chocolate blanco.

—Está delicioso, ¿por qué no estaba en el menú? —preguntó Artemis.

—Tengo entendido que era el postre de su reunión —finalizó con frialdad.

Y viendo cómo el cuerpo de Jonathan estaba bien colocado en el congelador, los invitados se dirigieron a sus habitaciones.

—Joe, necesito que me envíen un poco de té a mi habitación —continuó Susan arrastrando las palabras—. Me acabo de tomar unas pastillas para dormir, necesito un poco… —salió tambaleándose del establecimiento y desapareció.

Artemis se quedó con Joe en el restaurante y, luego de observar que no había nadie más en el establecimiento, tomó la palabra.

—Tienes una coartada viable en la investigación —continuó Artemis—. Es por eso que te voy a pedir que me ayudes en este caso. Voy a necesitar los planos de la mansión Givercross, sobre todo, tener a un topo que me brinde con precisión los movimientos que realiza cada uno de los huéspedes, cuando pasan de la planta baja hacia la alta y viceversa.

—¿Qué es un topo?

—En periodismo le decimos así a las fuentes anónimas que contribuyen con información.

—Señor Millburn, pero la única persona que puede hacerlo sin

ASESINATO NEVADO

traer sospechas es...

—Así es, ¿y donde se encuentra? —preguntó Artemis.

—Descansando, señor.

—Bien, cuando despierte le cuentas lo ocurrido y mañana, a primera hora, quiero que realices una llamada a la estación de Policía del valle de Vanguardhill, ¿entendido?

—Está bien, señor —respondió con nerviosismo.

Artemis caminó en dirección a la puerta de salida del restaurante y volteó para finalizar su charla.

—Y una cosa más: no me llames señor.

—Está bien.

Saliendo del establecimiento, se topó con Joshua quien escuchaba la conversación de Artemis y Joe.

—Quiero ayudar —dijo Joshua con seguridad.

—Amigo, lo siento —repuso Artemis mientras camina hacia su habitación—. Pero tú también eres sospechoso y no es recomendable que trabajes conmigo sin tener una coartada digna.

—Artie, sabes que puedes confiar en mí.

Artemis se detuvo en seco en el pasillo y observó a Joshua quien esperaba una respuesta.

—Está bien —respondió Artemis luego de un resoplido—. Pero si eres culpable, no dudaré en levantar un caso en tu contra.

Joshua dio un brinco y se dirigió a su habitación y, separándose de él, cruzó la puerta de su cuarto desapareciendo en el aún iluminado pasillo de la segunda planta.

PLANOS DE LA MANSIÓN GIVERCROSS

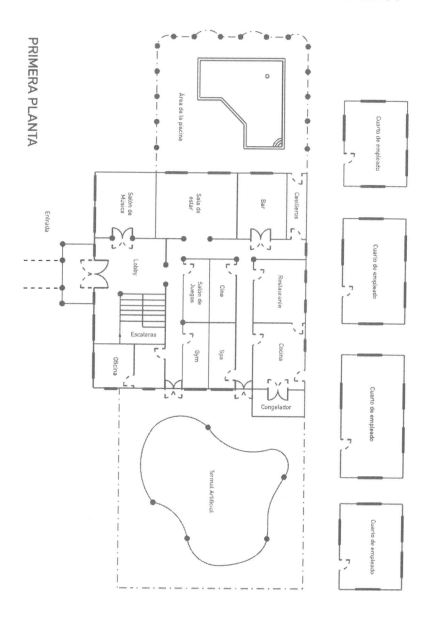

PLANOS DE LA MANSIÓN GIVERCROSS

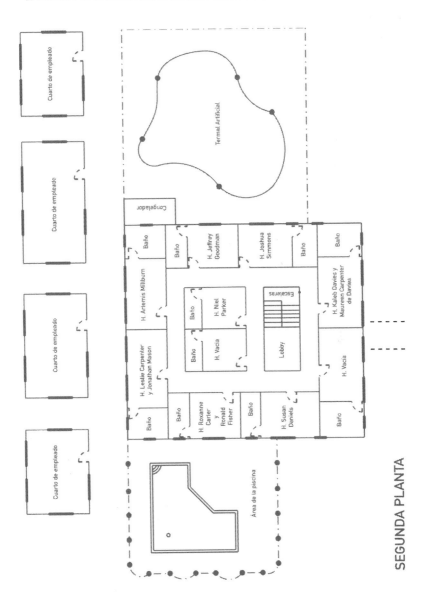

CAPÍTULO VI

La mañana estaba tan fría que Artemis encendió la calefacción ubicada en una esquina de la habitación y, caminando de un lado al otro, no dejó de observar los planos de la mansión Givercross. ¿Por qué los había pedido? Pues, aunque en cuestión de segundos una tragedia ocurrió en ese lugar, Artemis se convencía a sí mismo de que la sala principal tiene alguna particularidad inusual, quiere estudiar minuciosamente los espacios de esa habitación, él se rehúsa a pensar que en su grupo de amigos hay un asesino. En su vasta experiencia como periodista de investigación, Artemis acostumbra a desarrollar sus teorías en base al quién, por qué, cómo y dónde. Evidentemente el cómo y dónde está claro, pero, quién habrá sido y por qué lo hizo, es lo que debe descifrar.

De pronto, un ligero golpe en su puerta hace que se sobresalte, camina hacia ella y le quitó el seguro. Dado al desastroso acontecimiento de ayer, Artemis trató de ser muy precavido, es que a ciencia cierta ¿Quién quiere dormir en un lugar en donde habita un asesino?

—Buen día señor Millburn —dijo Joe—. Sé que no tengo permitido subir a la segunda planta por temas de privacidad, pero he venido a anunciarle que llegó el detective.

Cerrando la puerta de su cuarto, Artemis guarda la copia de los planos en su bolsillo, se pone unos zapatos cómodos y se dirige a la planta baja. Cruza miradas con el oficial, este le extiende la mano y se presenta.

—Buen día, soy el detective Parker, Neil Parker.

—Artemis Millburn, periodista.

—Ah, sí, ya me contaron sobre usted —continuó Neil con la mirada puesta sobre Artemis—. Vienes de Longderry al igual que yo.

—¿Usted es de Longderry?

—Así es, pero actualmente estoy en Vanguardhill completando horas de servicio.

—¿Y por qué aquí, señor?

—De Longderry salen muchísimos vuelos directos —continuó Neil— y me pareció que siendo esta una línea menos transitada entre las aerolíneas, por qué no mejor aprovechar las fiestas de fin de año en un sitio tan pintoresco.

Artemis aún cree que todo es demasiado conveniente, Darlene y Joe permanecen detrás del recibidor escuchando la conversación que parece ser un poco incómoda.

—¿Y por qué vino solo? ¿No se supone que debería estar acompañado por otros?

—Soy sargento y detective, profesor —dijo Neil con tono autoritario—. Mis compañeros en la estación de Policía no quisieron venir por lo peligrosa que es esta montaña, es por eso que vine en una moto de nieve.

Neil abre la puerta y muestra desde ahí el vehículo con el que llegó.

—Sé que hay fluctuaciones en las líneas telefónicas y la planta de energía aporta muy poco en estos momentos, así que me arriesgué a venir.

Artemis se siente avergonzado, ver a un oficial como Neil puede ser un poco intimidante, sobre todo cuando él quiere descubrir por su cuenta quién mató a Jonathan Mason.

Neil es un hombre de unos cuarenta años, con una barba baja y un bigote poblado, viste un formal uniforme azul marino y sobre su cabeza tiene un sombrero de oficial, es evidente que Artemis, a pesar de la desconfianza, está frente a un profesional del servicio.

—Señor Palmer, quiero que me lleve hacia el lugar en donde descansa el cuerpo de la víctima en lo que el profesor Millburn me explica lo sucedido.

Joe camina al frente con pequeños pasos acelerados, detrás le siguen Artemis y Neil.

—A ver si logro comprender —continuó Neil—. ¿Usted decidió que no tocaran el arma y envolvieron el cuerpo con ella?

—Así es oficial, tenía la esperanza que llegaran hoy a investigar sobre lo ocurrido —dijo Artemis—. Y me pareció correcto que nadie tocara el arma, ya que podrían identificar las huellas del agresor.

—Fue una estupenda decisión, profesor, pero creo que si alguien toca el arma en el acto de asesinato, volvería a tocarlo sacándolo de su cuerpo con la excusa de que aún la víctima seguía viva. Así podría manipular su coartada frente a ustedes haciendo ver que esa persona lo quiso salvar. En la investigación podrían salir dos opciones, una única huella de un culpable quien piensa redireccionar su fallido plan, o dos huellas.

—¿Qué quiere decir con eso, señor?

—Que alguien podría trabajar en conjunto con otra persona más para llevar a cabo su artimaña.

ASESINATO NEVADO

Artemis quedó petrificado, jamás pensó que también podrían trabajar en conjunto, de ser así, ya no sería un asesino, sino dos debajo del mismo techo.

—Pero en vista de que usted decidió que no tocaran el arma, se puede decir que eliminó móviles viables que podrían acercarnos al culpable —afirmó Neil, colocándose unos guantes de látex.

Ya estando en la cocina, Joe abrió el congelador y solo permitió la entrada de Artemis para que le brindara más información.

Neil saca unas tijeras y comienza a hacerle preguntas sobre la víctima a Artemis, todo esto mientras el oficial corta las cortinas con las que el cuerpo sin vida de Jonathan había sido envuelto.

—Esto es lo más cercano que estoy de ser antropólogo —dijo Neil con una sonrisa.

Y liberando el cuerpo de Jonathan sobre la mesa, Neil observa el arma aún incrustada en el pecho de la víctima. Sacó una pequeña cámara y fotografió el cuerpo.

—Bueno, al parecer fue una sola puñalada —dijo Neil pensativo—. Definitivamente alguien lo mató dudando. Profesor, me dijo usted que bailaron toda la noche y cambiaron de posición entre las pistas de música. ¿Me podría mostrar el lugar en donde ocurrió el asesinato?

Y colocando una bolsa de plástico al cuerpo de Jonathan, salieron del lugar para ir hacia la sala principal. Artemis volvió a explicarle lo sucedido entre sus compañeros y se detuvo cuando Neil levantó su brazo para detenerlo.

Lo primero que se hace notar es una mancha de sangre impregnada en la alfombra de la estancia y, estudiando más de cerca la escena, Neil comenzó a analizar la habitación uno a uno. Se pasea tan lento hasta que se detiene en frente de la vitrina de cristal en donde descansan las otras dagas imperiales.

NIEVE CARMESÍ

—Entonces su amiga Daniels corrió hasta acá y comenzó a amenazarlos uno a uno.

—Así es, luego cayó al suelo y comenzó a llorar.

—Interesante, tal parece que en su grupo de amigos la inestabilidad emocional es normal.

Artemis se siente incómodo con esto último que dijo el detective y voltea el rostro con una mueca. De pronto, el oficial saca de su chaqueta una libreta y comienza a escribir. Pasaron unos treinta segundos hasta que volvió a tomar la palabra.

—No tengo nada, dado a los acontecimientos del día de ayer, no tengo absolutamente nada —continuó pensativo mientras caminaba en la habitación—. Toda la información que usted me ha dado dice algo, pero poco. Voy a tener que interrogarlos uno a uno, por supuesto que a usted también, no crea que por darme información sobre lo ocurrido está fuera de la lista de sospechosos, todos lo son, incluyendo los administradores.

Artemis caminó hacia la puerta...

—Ah, profesor, y necesito que despierten a todos los huéspedes —continuó mientras se quita los guantes—. Quiero entrevistar primero a la novia de la víctima.

Artemis se topó con Darlene en el recibidor que teclea con agilidad en su ordenador hasta que, de pronto, un grito ahogado en la segunda planta los espanta.

—¿Qué fue eso? —preguntó el oficial que corrió hasta la estancia.

Los gritos provenientes de una mujer siguen. Los tres corren por las escaleras a la segunda planta. Los gritos siguen y, a la par, los huéspedes comienzan a salir de sus cuartos.

La mucama de la mansión aún grita horrorizada en el suelo del pasillo frente a una habitación abierta. Artemis y Neil se adentran

ASESINATO NEVADO

para descubrir lo que tenía a la joven impactada.

La escena es espantosa, el cuerpo sin vida de un miembro más del grupo de amigos yace sobre su cama, ensangrentado entre las sábanas.

Artemis siente un vacío en la boca del estómago, evita hacer una escena, pero su quebranto se convierte en lágrimas. Jeffrey Goodman ha sido asesinado.

Darlene tomó a la mucama y la llevó a la primera planta.

Joshua, que se había asomado al marco de la puerta al igual que los demás, no pudo evitar llorar al igual que los otros y se tumbó al suelo en silencio. El detective les impide el paso. Con Artemis dentro, le pidió que no se moviera de donde estaba, un movimiento más, podría arruinar la escena del crimen.

El oficial se pasea con mucha cautela y algunos huéspedes de la mansión observan desde afuera, deteniéndose frente a la ventana al lado de la cama, la notó abierta, solo dos centímetros la separaban del marco.

—El asesino entró por la ventana, no encuentro una razón por la cual ingresara por la puerta.

—Señor, la condición del lugar sobrepasa las bajas temperaturas —continuó Artemis—. Es imposible que alguien haya entrado por la ventana.

—Veo que conoces la escena con precisión —dijo el detective con curiosidad.

—Pues sí, la única manera de que esa ventana se mantuviera abierta es por una razón —adujo Artemis con elocuencia—. Jeffrey fumaba y, si nota, al pie de la ventana hay colillas de cigarrillo.

—Interesante —dijo el oficial mientras observa los residuos

de cigarro a sus pies. Sacó la cámara y comenzó a fotografiar la escena del crimen.

En ese momento el detective le lanza una mirada retadora, luego miró el cuerpo de la víctima y le quitó la sábana, revisando la sangre, dedujo la hora de su muerte.

—El fluido en algunas partes de las sábanas están parcialmente secas, definitivamente fue atacado poco tiempo después acostarse —continuó el oficial—. Así que digamos como dice usted, el señor Goodman entró a su cuarto, se cambió de ropa y se sentó a fumar, cuando intentó cerrar la ventana de su cuarto, dio por sentado que esta ya estaba cerrada, tal vez se haya dado cuenta del frente frío que le visitaba, es por eso que la calefacción está en su punto casi máximo.

El oficial revisó las zonas afectadas de la víctima y notó puñaladas en diversas áreas de su torso.

—Apuñalado en reiteradas ocasiones... curioso —dijo pensativo el oficial.

—Perdone sargento, ¿pero qué es curioso? —preguntó Roxanne en el marco de la puerta.

—Pues, que la persona que asesinó al señor Goodman estaba segura de lo que hacía —continuó Neil—. Así que para asegurarse de que realmente estuviera muerto, lo apuñaló en múltiples áreas de su tronco.

En ese momento, un objeto se desliza por la esquina de la cama y cae con fuerza. Resultó ser un cuchillo afilado, manchado de sangre. Neil se puso unos guantes y, sacando de su bolsillo trasero una pequeña bolsa plástica, introdujo el arma ensangrentada como evidencia.

Neil se acerca a Artemis mientras se quita los guantes y trata de interrogarlo.

ASESINATO NEVADO

—Bien profesor Millburn, si usted es tan preciso deduciendo una escena como quiere hacerme pensar, ¿por dónde cree usted que el culpable haya ingresado?

Artemis lo mira de la misma manera, es obvio que el sargento lo quiere humillar frente a sus amigos.

—Por la puerta. El asesino entró por la puerta —respondió Artemis.

—¿Por la puerta? Jajaja, ¿quieres hacerme creer que el asesino ingresó como dueño de su casa, por la puerta? —preguntó entre risas y sarcasmo.

Artemis no pudo disimular su molestia y, sin titubear, un sentimiento de impulsividad se apoderó de él.

—Oficial, creo que usted olvidó algo —continuó con elocuencia—. Las puertas funcionan por medio de tarjetas y llaves, todos los huéspedes contamos solo con una tarjeta, Jeffrey no compartía habitación con nadie así que, evidentemente, la puerta fue forzada.

Artemis se dirige a la puerta y, señalando la manija todos se acercan a observar más de cerca. Niel abrió paso y en efecto, la ranura en donde se introduce la llave de metal, está rayada.

—Solo las mucamas utilizan las llaves de metal —continuó Artemis con calma—. Y para ser ella quien haya encontrado el cuerpo a estas horas de la mañana, evidentemente este era su primer ingreso para entregar las toallas.

—Cierto, la joven tocó nuestra puerta para entregarnos las sábanas —respondió Ronald con Roxanne, quien asentía por esto último.

—También soy testigo —dijo Leslie con los ojos rojos de tanto llorar—. Hace un rato me pasó medicamentos y toallas.

NIEVE CARMESÍ

Artemis observa al detective quien se muestra un tanto indiferente.

—En vista de que estuve con usted en la planta baja —repuso Artemis—, podría apostar que dentro de mi habitación ya hay un grupo de toallas.

Todos salen. El detective cierra la habitación de Jeffrey para preservar la escena. Justo al lado queda la habitación del profesor.

—Como Roxanne, Ronald y Leslie tienen toallas, la siguiente estancia es la mía.

Artemis mostró la cerradura de su cuarto sin ningún rasguño y, con su tarjeta, abrió el cuarto para mostrar las toallas que, en efecto, están sobre su cama bien posicionadas.

—Como puede ver, los cuartos están enumerados —continuó Artemis con orgullo—. El de Roxanne y Ronald es el número tres, el de Leslie y su difunto novio es el número cuatro, por supuesto, el mío es el cinco. Luego viene el de Jeffrey que es el seis y el de Joshua. Amigo, ¿te entregaron las toallas?

—No, aún no.

—Luego siguen Kaleb y Maureen en la habitación ocho, viene una habitación vacía y la número diez es de Susan —explicó Artemis—. Chicos, ¿ustedes tienen toallas?

—No —respondieron Susan, Maureen y Kaleb al unísono.

El sargento muestra fastidio ante la aclaración de Artemis.

—Vaya, vaya, sabes demasiado como para ser un simple periodista —continuó Neil moviendo su poblado bigote—. Pero temo decirte que acabas de subir de rango a mi lista de sospechosos. Conoces demasiado sobre cómo se puede llevar a cabo un plan, uniendo suposiciones para respaldar tu coartada. Muy respetable tu profesión como periodista y profesor, pero tu impulsividad a querer sobresalir entre los demás te corta las alas de la humildad, de verdad que pierdo mi tiempo con un docente. ¿Qué más vas a saber? Si solo eres un niño.

—Oye, no le hables así —repuso Maureen acercándose a Neil—. Desde ayer Artemis trató de buscar la solución. ¿Todo para qué? ¿Para que llegue un supuesto oficial y quiera humillarlo?

Neil intenta sacar su arma frente a Maureen, pero Kaleb se pone frente a ella.

—Nadie toca a mi esposa —continuó con frialdad—. Y si vuelves a insultar a mis amigos en frente de mí, te juro que yo seré quien se encargue de que la bala que tiene esa pistola, descanse sobre tu cabeza.

Neil baja el arma y, con un vistazo a la puerta, nota que todos lo miran con repugnancia.

—Te recuerdo que estás amenazando a un policía. Bien, veo mucha unidad ante este peculiar grupo —dijo Neil mientras va guardando el arma en el estuche—. Pero lamento decirles que tanto amor fraterno en un momento como este, me hace deducir que todos pasaron de ser sospechosos a ser cómplices. A este punto no me sorprendería que todos trabajaran en conjunto, ¿pero a qué costo? Sí señor Millburn, yo también soy bueno deduciendo situaciones.

El ambiente se torna más tenso y, tomando nuevamente la palabra, el oficial pide que todos se retiren.

—Señorita Carpenter, lamento la muerte de su novio, espero y reciba mis condolencias con gentileza —intervino Neil—. Pero debo interrogarla a usted primero, tengo entendido que Jonathan y usted convivían más que de costumbre.

—Está bien, iré a cambiarme —respondió Leslie con el aura apesadumbrada.

Neil queda solo con Artemis.

NIEVE CARMESÍ

—¿Qué no escuchaste? Voy a interrogarlos uno a uno —dijo el sargento con terquedad.

—Este es mi cuarto, oficial, creo que le hace falta ser más observador —respondió Artemis con orgullo.

Neil guarda silencio, no puede soportar que Artemis le diga qué hacer, así que se dirigió a la puerta y la cerró de golpe.

Artemis se regocija ante la inconformidad del detective, pero al mismo tiempo se preocupa de una cosa: no conoce la capacidad moral del uniformado como para asegurarse de que él no lo acusaría de un crimen que no cometió. Así que ideó un plan para limpiar su nombre y poder encontrar al culpable. Levantará un caso y, sin que el detective Neil Parker se entere, interrogará a cada uno de sus amigos, pero, ¿cómo podría entrevistar a sus amigos y parecer que Artemis no comete una falta oficial? Sencillo, se le ocurrió la grata idea de pasearse por cada uno de los lugares de esparcimiento dentro de la mansión con el entrevistado y crear un escenario genuino de ocio sin levantar sospechas.

Artemis ahora se dirige al cuarto de Joshua, toca la puerta y su amigo la atendió con el rostro decaído.

—No es momento para lamentarse —continuó Artemis—. De verdad que también voy a extrañar muchísimo a Jeff, pero debemos resolver este caso.

Joshua se limitó a mostrar una media sonrisa.

—Anoche dijiste que querías ayudar a resolver esto —repuso Artemis con autoridad—. Te volveré a preguntar: ¿puedo contar contigo o cambiaste de idea?

Joshua se limpia las lágrimas y posa su mano sobre el hombro de su amigo.

—Cuenta conmigo.

ASESINATO NEVADO

Artemis esperó a que su amigo se cambiara de ropa y luego de unos minutos, bajaron las escaleras para dirigirse al restaurante a desayunar, de camino se topan con Leslie que salía de la sala en donde ocurrió la primera tragedia, esta aún llora desconsoladamente. Artemis abraza a su amiga y la lleva al restaurante para calmarla.

Leslie les comenta lo que el detective le había preguntado y que, de hecho, la acusó de apuñalar a su novio.

Artemis sonríe y le explica que esa es una técnica de interrogación que suelen hacer los oficiales para romper a los posibles sospechosos, así aprovechan su vulnerabilidad entre quebrantos y hacen conjeturas para simplificar posibles móviles y llegar a un culpable.

Después de tomar un poco de agua, Leslie se calma, pero aún continúa con la mirada perdida, así que deciden ir a su habitación para que ella repose. Ese será el momento que Artemis aprovechará para hacerle preguntas sobre lo recién acontecido.

Mientras suben las escaleras, notan que Neil sale de la sala con Joe y Darlene. Al igual que a los huéspedes, el oficial entrevistó a los encargados y les dio autorización para limpiar el área del crimen.

Neil observa al trío de amigos y lanza unas palabras:

—Profesor, después de que termine su trabajo de niñera, lo voy a esperar en la sala principal para interrogarlo.

Artemis sintió un poco de venganza en sus palabras. ¿Qué pretendía hacer para culparlo de algo que no hizo? ¿Hasta dónde es capaz de llegar el detective Parker para humillarlo?

Muchas cosas estuvieron en su cabeza, así que, ayudando a cruzar la puerta de la habitación de Leslie, la ayudó a acostarse en la cama y se sentó en una silla junto a ella.

CAPÍTULO VII

Joshua permanece de pie con una libreta en mano junto a la puerta de la habitación de Leslie y Artemis, quien no deja de mirar el rostro de su amiga, comienza a lanzarle preguntas sobre lo que había hablado con el detective en la habitación principal. Por un momento Artemis creyó que su amiga no iba a aportar, pero su naturalidad en contar lo que había ocurrido, despertó más curiosidad en el profesor. Así fue que Artemis fue más atrevido en cuanto a las preguntas, ya que su amiga se sentía cómoda hablando, aprovechando las aguas indaga más.

—Leslie, ¿tienes sospechas de quién haya sido? —preguntó Artemis.

—Bueno, tenía una sola, pero creo que debo descartarla.

Artemis le lanzó una mirada a Joshua y continuó con la entrevista.

—¿Puedo saber quién creías que era?

—Sí, Jeffrey, pero ahora también está muerto.

—Y en menos de doce horas, después de la muerte de Jonathan —continuó Joshua al fondo—, Jeffrey fue apuñalado, podría ser que Jeffrey conocía toda la verdad y al agresor y este se fue tras él de madrugada para arrebatarle la vida.

—Maravillosa deducción Joshua, pero dudo que Jeffrey lo supiera

ASESINATO NEVADO

—alcanzó a decir Artemis—. Conocimos en vida su convicción en cuanto a sus necesidades. Si Jeffrey supiera quién es el asesino, él nos lo habría hecho saber de inmediato.

Joshua se quedó pensativo, pero al mismo tiempo no descartó esa posibilidad.

—Leslie, ¿por qué crees que fue Jeffrey? —preguntó Artemis.

—Conversaron mucho en la velada y de un momento a otro cambiaron de lugar una y otra vez.

—¿Como si se turnaran a estar de pie en el mismo sitio?

—Sí, así tal cual.

—Todo suena muy raro —comentó Joshua al fondo de la habitación.

—Oye, ¿y cómo notaste esto? —preguntó Artemis.

—Bueno, estaba un poco nerviosa por una situación y, como compartíamos la misma botella de vino, usualmente se la servía hacia la derecha. En tres ocasiones le serví a Jeffrey de la misma botella por equivocación, pensando que era Jonathan.

—Estabas nerviosa... —sostuvo Artemis con curiosidad—. ¿Por qué lo estabas?

Leslie, acostada sobre su cama, mira hacia la ventana con tristeza y Artemis no pudo evitar preguntarle por lo que la había escuchado horas antes de lo ocurrido.

—Leslie, te escuché hablar con alguien en el pasillo, justamente antes de que nos topáramos en la segunda planta.

Leslie, inmóvil, aún bajo un apesadumbrado semblante sobre su cama, le da la espalda a Artemis.

—Por favor, ayúdame, perdimos a dos grandes amigos en una

noche. Si resolvemos esto, podríamos evitar algo mayor.

Leslie se volteó hacia Artemis y, con el ceño fruncido, toma la palabra.

—¿Qué escuchaste?

—Le dijiste a alguien que estaría en problemas si le atraviesas el cuchillo y si es el equivocado. Estas palabras retumbaron en mi cabeza justamente cuando vi a Jonathan en el suelo.

—¿¡Y crees que yo lo maté!? —gritó Leslie con furia—. Yo sería incapaz de matar al amor de mi vida, lo amaba con locura y ahora alguien me traiciona arrebatándome lo que me mantenía emocionalmente estable.

Artemis recordó la conversación que tuvo con Jonathan en el restaurante y se sumió entre pensamientos confusos. La verdad, ¿una persona que quiere tanto a otra como para ayudarla a sanar es capaz de arrebatarle la vida? No tiene sentido.

El profesor analizó lo último que había presenciado en la cocina y domó la primera pieza de su rompecabezas.

—¿Por qué invitaste a Jeffrey?

—Porque es de nuestro grupo de amigos.

—Lo sé, pero Jeffrey no se reunía con nosotros desde hace muchos años, me parece extraño que él aceptara venir después de tanto y en esa misma noche lo asesinan. Hay una razón por la que estamos aquí y tal vez Jeffrey sabía.

Leslie vuelve a ver hacia la ventana con enojo.

—Leslie, no vinimos a esta reunión solo como medio de esparcimiento. Cuando llegamos a la cocina vi que no nos habían entregado el postre.

—Artemis, no es tiempo de reclamar meriendas —alcanzó a

ASESINATO NEVADO

decir Joshua.

—¡No me interrumpas! —continuó Artemis hacia Leslie—. Prepararon un bizcocho de vainilla y la cubierta que aún no habían colocado era de chocolate blanco, el postre perfecto para el anuncio de algo muy especial.

Leslie solo miraba el techo de su habitación, las lágrimas comenzaron a brotar de sus ojos.

—Nos trajiste aquí para anunciar tu compromiso con Jonathan.

Leslie no respondió y, luego de un tenso momento de silencio, Artemis volvió a tomar la palabra.

—Esa conversación sobre atravesar el cuchillo por equivocación no era a alguien, si no a algo, es por ello que estabas nerviosa, querías que todo saliera a la perfección al anunciar tu compromiso, no querías que te trajeran el pastel equivocado. Y si bien puedo deducir, esa conversación en el pasillo la tuviste con Joe Palmer, el administrador. Esa es la razón por la cual no nos permitió pasar al restaurante.

Leslie respiró hondo y con poca fuerza comenzó a hablar.

—Anunciar esto era muy importante para mí, bien es sabido que, como hija menor, mis padres me criaron bajo expectativas provenientes de alguien más, mi hermana. Tal vez miembros de la familia no aceptaron el compromiso de mi hermana, pero respetan muchísimo su matrimonio, pero Maureen siempre estuvo ahí para apoyarme, yo sí veo lo genuino de su amor con Kaleb, comparten un amor tan profundo que mis padres son tan ciegos como para ver con buenos ojos la elección de mi hermana. La música para ellos no es una carrera real ni mucho menos ofrece estabilidad, en cambio, mi unión con Jonathan sí la veían con buenos ojos.

—Efectivamente lo amabas, ¿pero crees que reforzar tu vínculo al comprometerte con él mejorarían las cosas?

NIEVE CARMESÍ

—Por supuesto, veo a mi hermana y siento tanto orgullo por ella, quisiera ser tan importante con alguien al igual que Maureen lo es con su esposo, mi mayor inspiración es ella.

—Bien. Escuché suficiente, creo que ya acabamos.

Artemis se acerca a la puerta con Joshua y antes de salir le pide a Leslie que cierre con seguro, ya que nunca estarían preparados para una tercera pérdida.

Artemis se despide de Joshua y se dirige hacia la habitación principal, el lugar en donde Neil, el detective, lo está esperando. Pero una escena inesperada en la primera planta capta su atención, Ronald parece amenazar a Roxanne, como si de regaños se tratara. Por un momento Artemis quiso interrumpir para salvar a su amiga...

—Profesor, ¿a dónde va? —dijo Neil detrás de él—. Venga, lo estoy esperando.

Ronald escuchó cuando Neil se anunció y volteó hacia un lado. Roxanne solo caminó en dirección recta por el pasillo hasta perderse.

Así fue que Artemis supo a quién interrogar luego de terminar su sesión con el detective.

Hay dos sofás de un asiento frente a frente en la sala. Artemis se reclinó en uno y esperó a que el detective se sentara.

Tres golpes en la puerta anunciaron la presencia de Darlene, quien lleva unos documentos que entrega al detective y sale en silencio.

Neil leía las páginas con afirmación y lanzaba miradas al profesor, sin tardar más, inició el interrogatorio leyendo los documentos.

—Artemis Millburn, nacido en los barrios bajos de la ciudad de Longderry, estado civil, soltero. Y ¿qué es esto? Ah, pero si eres un niño, una persona demasiado joven como para ser profesor, sobre todo en una institución tan prestigiosa como la primera universidad privada de Longderry. A ver, dime tu secreto... ¿Extorsionaste a alguien para que te dejara tal puesto?

—Definitivamente que no sabes hacer bien tu trabajo, si lees en mi hoja de vida y te fijas en mis estudios realizados, puedes notar cuán preparado estoy académicamente. Lo que tengo me lo gané, por supuesto, con el esfuerzo y trabajo de mis padres y mi persona.

Neil mira a Artemis con desagrado y continúa leyendo entre líneas.

—Veo que vives en Bellbroke, ¡vaya! —continuó Neil con curiosidad—. ¿Cómo una persona de tu porte puede vivir en una zona residencial tan acaudalada?

—¿Mi porte? Ah, me parece que usted está siendo racista en ese aspecto.

—Por supuesto que no, profesor.

—¿Quiere ser más específico refiriéndose a mi porte?

Neil ignora por completo lo que Artemis pregunta y sigue leyendo.

—¿Violet Miller es su novia?

—No, ella me ayuda con los quehaceres en el hogar.

—Ah, practicas la misoginia.

—Por supuesto que no, suelo ausentarme mucho y mi casa requiere de cuidado cuando no estoy, Violet fue entrevistada por mí y ocupó el cargo como compañera, muchas personas enviaron sus solicitudes para el mismo puesto, entre ellos hombres y mujeres, solo Violet fue capaz de comprender mis necesidades.

—Claro, por eso elegiste a una mujer.

—¡Por supuesto que no! —gritó Artemis con enojo.

Neil se echó a reír por debajo de las hojas, solo buscaba la manera de romper a Artemis, pero el profesor no lo pudo notar hasta que vio la reacción del oficial.

—Bien, Millburn, Violet vive contigo desde hace ya un tiempo...

—Ya no quiero seguir hablando sobre mi asistente, ella no pinta nada en esta conversación, es una mujer inteligente que sabe qué hacer, solo es ella a quien le confiaría mi vida.

—¿Asistente?, en otros tiempos las llamarían... damas de compañía.

—¡Si te atreves una vez más a faltarle el respeto a Violet en mi presencia, lo vas a lamentar!

—Bien profesor, una persona que jamás lo haya escuchado hablar de esa manera, conociendo su estado civil, creería que usted está enamorado de su asistente.

Artemis comprendió el juego de psicología en que lo estaba involucrando Neil y, sin evitar una sonrisa, respondió con franqueza.

—De verdad que me da lástima —continuó Artemis con tranquilidad—. Me parece que el misógino es usted, no creer que existe una amistad sana entre un hombre y una mujer, son tendencias machistas las que usted resguarda.

Neil lo miró con frialdad y leyó la siguiente página.

—Interesante, tiene mucho sentido esa impulsividad tóxica por querer responder todo... Eres neurodivergente, una característica muy marcada para alguien como tú.

Artemis muestra una sonrisa con orgullo, ya sabe que Neil solo

ASESINATO NEVADO

quiere provocarlo.

En ese momento, la luz de la habitación se esfumó. Al detective, que pareció no importarle, siguió leyendo con la ayuda de la poca luz proveniente de la ventana. Artemis solo ve los copos de nieve caer, pero curiosamente, caen con más fuerza que de costumbre.

—Señor, no puedo llamar a la estación policial por refuerzos, las líneas siguen inestables —dijo Joe en el marco de la puerta.

—Entonces tendré que quedarme encerrado con los asesinos de la montaña nevada. Deberías utilizar ese título para tu próxima noticia, profesor, suena intrigante. Palmer, ¿cuándo crees que las líneas se reestablecerán?

—No lo sé señor, tengo entendido que se aproxima una tormenta.

—Bien. Te puedes retirar.

El detective sigue leyendo y se detiene en seco, las preguntas se volvieron personales, específicamente en dirección a sus amigos. Le preguntó desde cuándo se conocían hasta qué comían, a dónde eran sus viajes y si había visto algo inusual.

—Profesor, tengo entendido que la joven Carpenter estaba por anunciar su compromiso frente a ustedes. ¿Crees que entre ustedes alguien quiso impedir esta unión como para asesinar al joven Mason?

—No.

—Comprendo. Que la joven Daniels, luego del asesinato de Jonathan, fuera hacia la vitrina y luego amenazarlos con una daga uno a uno, me parece tan curioso.

—Así es, pero no nos lastimó.

—¿Y crees que ella pudo ser quien haya matado a Jeffrey Goodman?

NIEVE CARMESÍ

—Lo dudo, Susan es una mujer con principios, ella sería incapaz de matar a alguno de nosotros.

—¿Cómo lo sabes? —continuó Neil poniéndose de pie—. Si bien recuerdo lo que me dijo la señorita Carpenter, Jonathan y Jeffrey cambiaban de lugar seguido, quiero pensar que la víctima de la velada podría ser Jeffrey y, como cambió de lugar con Jonathan, supongo que Susan falló en su intento de asesinato, perdió la cordura y volvió a la vitrina por una daga imperial. Considero probable que, arrepentida de lo que hizo, se sintió tan culpable que comenzó a amenazarlos a todos. Ya en la segunda planta, no dudó en terminar de cometer su acto y se fue a hurtadillas hacia la habitación de Jeffrey y lo mató.

—¡Felicidades, descubrió el caso! —dijo Artemis con sarcasmo.

—No fue difícil, solo tuve que aclarar algunas cosas.

—Creo que olvida algo, señor detective...

Neil aún con los documentos en las manos, deja de pasearse por la habitación para escuchar a Artemis.

—Usted no puede hacer una acusación como esa, Susan trajo medicamentos porque no la está pasando bien, el trabajo la agobia.

—¿Y qué tiene que ver con eso?

—Se medica con valerianas, son suplementos tan fuertes que se toman como somníferos. Ayer Susan tomó sus pastillas y se fue a dormir.

—¿Y cómo sabes eso?

—Lo dijo en la cocina, pidió que le llevara un poco de té. Usted lo sabría si tan solo la hubiera interrogado.

—Vaya, vaya, profesor... veo que estás tan informado que lograste deshacer mi deducción final. Dime, ¿de dónde proviene ese afán por querer desentrañar este caso? Solo eres un periodista, cuando se resuelven los casos, ustedes llegan como abejas a la miel, su trabajo no va más allá que solo informar.

—Veo que tiene una visión totalmente diferente de lo que se trata esta profesión —dijo Artemis con una sonrisa—. Usted no me intimida y, mientras siga aquí atrapado, su vida corre peligro, tal cual como usted mismo lo dijo hace un momento.

Neil comienza a transpirar, se sienta luego de un momento y habla suavemente.

—Esos planos de la mansión que tiene en su poder, me los entrega. Interrogué al administrador y me contó lo que tiene usted planeado. Esa supuesta coartada del administrador no es confiable. Sobre todo, si usted como portador tiene acceso a los conductos de la morada.

Artemis se mete las manos en los bolsillos y saca la hoja doblada.

—Sabes, tal vez podría ser yo el asesino —bromeó con la mano extendida y los planos entre sus dedos—, pero eso nunca lo sabremos.

Artemis se levantó de su asiento y caminó hacia la puerta.

—Ah, una cosa más, profesor —alcanzó a decir Neil desde su asiento—. No te entrometas en mis labores como detective, podría encarcelarte como cómplice del homicida. Aunque quisieras, no aportas en nada, si solo eres un profesor.

Artemis sale de la habitación con tranquilidad, definitivamente no escuchará las palabras del detective, solo con tener información precisa por parte de sus amigos, podría descubrir al asesino, el problema sería si ninguno aporta esa información. Fue entonces que el profesor pensó rápidamente en una persona, la única quien cree que será difícil de interrogar.

NIEVE CARMESÍ

Observa a Darlene en su puesto de trabajo, se detiene por un segundo y tarda en darse cuenta de que ella está dormía con los ojos abiertos. La melodía del piano por parte de Kaleb en la habitación de música, ha relajado el tenso ambiente en la mansión.

De pronto, volvió la luz y cuando Artemis sube por las escaleras ve que algunos ayudantes de cocina llevan envuelto el cuerpo de Jeffrey hacia el congelador. El pasillo está concurrido por algunos amigos, solo Ronald está de pie muy a lo lejos del grupo; este observó a Artemis dirigirse hacia él y se fue de inmediato a su habitación.

Artemis toca y Ronald se rehúsa a abrir la puerta de su cuarto, a los pocos minutos, la entreabre unos cuantos centímetros.

—¿Qué quieres?

—Interrogarte... Necesito información para resolver el caso.

—¿Resolver el caso? ¿No se supone que el detective Parker se está encargando de eso?

—Sí, pero al mismo tiempo yo también.

—¿No te cansas de ser tan intrusivo? —dijo Ronald abriendo un poco más la puerta—. De verdad que te encanta buscar la más mínima oportunidad para que todo se trate de ti.

—¡Esto no se trata de mí, se trata de mis amigos! —dijo Artemis desesperado en mitad del pasillo—. Solo necesito que cooperes conmigo dándome un poco de información, debo aclarar esta difícil situación por la que estamos pasando.

—¿Y piensas que yo podría ayudar? Mejor lárgate de aquí, que quiero ver el partido.

Ronald cerró la puerta con fuerza dejando a Artemis de pie en mitad del pasillo. Hasta que de pronto, la puerta vuelve a abrirse, esta vez con Roxanne con una media sonrisa.

—Lo escuché todo.

—Pero mírate cómo tienes el rostro —dijo Artemis tomando la cara de Roxanne.

—Tranquilo, un poco de maquillaje y ya está.

—¿Cuándo piensas denunciarlo? —preguntó Artemis con enojo.

—No te preocupes por eso, lo tengo controlado —repuso Roxanne evadiendo el tema—. Si necesitas interrogar a alguien, ¿por qué mejor no empiezas conmigo? Estoy libre.

Artemis veía el tierno rostro de su amiga con preocupación.

—Hagamos algo, prometo entrevistarte cuando te encuentres mucho mejor, ¿sí?

Roxanne asiente con una sonrisa y vuelve a su habitación. Para suerte de Artemis, Susan salió de la suya.

—¿Oye, estás ocupada?

—No realmente, iré al bar con Joshua.

—Perfecto, necesito que me ayudes con un asunto, solamente debes responder unas cuantas cositas.

Así fue como se dirigieron al bar de la mansión y encontraron a Joshua bebiendo frente a la barra. En el lugar solo está Joshua y el *bartender*.

Artemis le pide que se tome un descanso dejándolos solos, ya que necesita tener solo el espacio para Joshua, Susan y él. Y sin más rodeos inició el interrogatorio. Joshua saca la libreta, Artemis prepara unos tragos para ellos y comienza a lanzar preguntas a su amiga.

—¿Y cómo va el trabajo?

NIEVE CARMESÍ

—Como siempre, números y asesoría financiera por todas partes —respondió Susan antes de beber un trago de *whiskey*.

—Sobre eso, ¿desde hace cuánto te medicas?

—Desde hace unos meses. Tranquilo, hoy puedo beber.

—¿A inicios de año o cuando Jonathan te contactó para asesorarlo financieramente? —preguntó Joshua a su lado.

—Exactamente a la semana de trabajar para Jonathan.

Susan colabora en la conversación con cada pregunta, cada cierto tiempo hace una pausa entre tragos y vuelve a hablar. Para ser alguien que estaría en lista de ser sospechoso, Susan se mantenía transparente.

Alguien que quisiera ocultar algo, por temor a aflojar la lengua se mantendría sobrio, pero Susan logra ser tan elocuente entre cada palabra después de cada trago.

—¿Desde hace cuánto no hablabas con Jeffrey? —preguntó Artemis de pie detrás de la barra.

Susan se mantiene callada por unos segundos y los mira fijamente.

—Supongo que ya lo saben, ¿no?

—¿A qué te refieres? —contestó Artemis.

—A su problema financiero. Monty presionaba a Jeffrey para que le aumentara el porcentaje de sus ganancias —continuó Susan después de beber hasta el fondo su vaso de licor—. Jeffrey me contactó desesperadamente para que ese desgraciado no le quitara altos porcentajes del dinero. Fui yo quien le recomendó congelar sus cuentas para que él no le robara. Pero el muy imbécil no sacó suficiente dinero del banco como para poder sustentarse solo, únicamente dependía de presentaciones en bares y ahí fue cuando Monty se aprovechó de él. En su contrato como publicista hay

ASESINATO NEVADO

una cláusula que Jeffrey incluyó cuando estaba en la cima entre proyectos televisivos, no tenía un control con las fechas, así que cuando llegó Monty agregó ese párrafo.

—¿Qué decía ese párrafo? —preguntó Artemis con curiosidad.

—Dame un momento —dijo Susan sacando su teléfono del bolsillo para comenzar a leer—. Cuando Jeffrey estaba gestionando su asunto, me envió el documento. Dice: En virtud de la presente cláusula, el publicista ostenta el exclusivo derecho de planificar y coordinar todas las fechas relacionadas con las actividades del artista contratante, sin ninguna excepción. Este poder incluye la autoridad para organizar eventos, presentaciones y cualquier compromiso blablablá... blablablá. La gestión de las fechas por parte del publicista se considera irrevocable y esencial para garantizar una ejecución eficiente de las estrategias promocionales y maximizar la visibilidad del artista. Cualquier modificación o ajuste a las fechas planificadas deberá contar con el consentimiento expreso y por escrito del publicista.

—Pero, qué bruto —murmuró Joshua.

—Entonces, ¿cómo Jeffrey llegó hasta aquí si se supone que no tenía dinero? —preguntó Artemis—. ¡Este es un vuelo carísimo! Tras pasar por un fatídico momento como lo fue su situación, ¿por qué gastaría sus ahorros en un viaje? Sobre todo en este, cuando anteriormente no dudaba en rechazar nuestras invitaciones.

—Créeme Artemis, al igual que tú, tampoco lo entiendo —dijo Susan luego de sacar un pañuelo verde que lleva una letra "S" bordada de color rosa.

Artemis le quitó la libreta a Joshua, quien se tambaleaba en la silla hasta apoyar su cabeza en la barra.

—Susan, ¿hay algo más sobre Jonathan que deba saber? Eres la amiga más cercana que tienen Leslie y Maureen.

Susan mira su trago con detenimiento, Joshua ya ronca y el

NIEVE CARMESÍ

ambiente se tornó pesado.

—Cuando éramos más jóvenes, Leslie, Maureen y yo, contábamos maravillosas historias sobre en quiénes nos convertiríamos cuando fuéramos grandes. Cuando eres un simple niño tus deseos y anhelos suelen ser muy superficiales, Leslie quería ser veterinaria; Maureen maestra; en cambio yo, ser abogada. Pero ese sueño venía acompañado con una pieza. En mi inocencia decía que me quería casar con un chico guapo, pero Maureen y Leslie se reían de mí.

Artemis escucha a Susan con detenimiento y, notando que Joshua ha caído rendido en ebriedad, dejó de darle importancia.

—Ahora tenemos ocupaciones diferentes a las que soñamos, pero la suerte que quise tener con esa pieza, nunca llegó, solo me tocó verlas unirse a personas que las quieren muchísimo. Trabajando para Jonathan hasta altas horas de la noche, comencé a desarrollar otros sentimientos... tal vez me habría sido fácil trabajar para él sin tener que frecuentarlo tanto.

—Y dentro de tu trabajo como asesora financiera, ¿no notaste algo inusual? Digo, dinero mal administrado, alguien que le quiera estafar, ¿algo que involucre a Leslie?

—Jonathan no era estúpido, no era como Jeffrey —continuó Susan luego de tomar una botella de licor y verterla en su vaso—. Jonathan desconfiaba hasta de su propia sombra, la única persona que tenía control directo de su dinero era yo, ni siquiera Leslie.

—¿Y ella lo sabía?

—¿Que me atraía Jonathan? Por supuesto, solo que nunca fue una molestia para ella, yo siempre lo respeté.

Artemis apuntaba las últimas confesiones por parte de Susan y dio por finalizado el interrogatorio. Así que tomó a su amigo en brazos y lo ayudó a caminar hacia su habitación. Dejando sola a Susan en el bar, llamó al *bartender* para que la acompañara.

ASESINATO NEVADO

De camino por los pasillos de la primera planta con su amigo apoyado en él, Artemis se topa con Maureen saliendo de la habitación principal, se nota molesta, caminado lento de un lado a otro mientras habla entre dientes.

—Maureen, ¿qué ocurre? —preguntó Artemis.

—Ese maldito policía cree que me puede intimidar —continuó Maureen con enojo—. Cree que yo sería capaz de hablar mal de mi hermana, me lanza preguntas subliminales y en todas ellas afirma cosas sobre Leslie. No entiendo cómo sabe tantas cosas sobre mi hermana y de mí. Te lo juro Artemis, si no fuera por el luto de Leslie, yo misma me encargo de matar a ese desgraciado.

—Cálmate, él solo hace su trabajo.

—Lo sé, pero es frustrante, ¡nos está haciendo una persecución a todos!

—Está bien, hagamos algo —intervino Artemis con dificultad—. Vamos al restaurante a comer algo, subiré a Joshua y vuelvo, quiero hacerte unas preguntas.

Artemis ayudó a subir a su amigo y cerró su habitación con precaución, pero antes de dirigirse al restaurante, decidió hacer una pequeña parada en el mostrador del recibidor, el área de trabajo de Darlene.

—Vaya, por suerte no estás dormida —dijo Artemis con mofa.

—¿Lo notaste porque me viste muy eficiente sobre el teclado o solo lo dedujiste?

—Já, bien jugado eh —continuó Artemis con amabilidad—. Oye, veo que tecleas mucho sobre el ordenador, ¿cómo es posible que lo hagas si las líneas de comunicación están inestables?

—Bueno, no estoy trabajando para la mansión, el detective Parker quiere que le consiga información.

NIEVE CARMESÍ

—¿Y qué clase de información?

Darlene deja de teclear y mira a Artemis fijamente con temor.

—Ah, no te preocupes, vi cómo le entregaste documentos míos al oficial. Supongo que te brindó su clave para acceder a la base de datos del sistema integrado de información criminal, al que se puede ingresar mediante un código y utilizar incluso si las líneas están caídas.

Darlene queda petrificada por las palabras de Artemis y, sin pestañear, vuelve a su trabajo.

—Ahora tu nuevo puesto es asistente del detective, supongo que es mucho más de lo que haces en la mansión Givercross, ¿cierto?

Por primera vez, Artemis utiliza su poder deductivo para incomodar a otro. Darlene no tiene la culpa de lo que está sucediendo, pero Artemis sostuvo esta posición calculadora para conseguir información.

Darlene no dijo mucho, pero su silencio ante la mirada intimidante de Artemis, fue suficiente.

CAPÍTULO VIII

Artemis camina por el pasillo para dirigirse hacia el restaurante, se topó con alguno que otro criado de la mansión, pero pudo llegar. Maureen está sentada junto a Kaleb y, para disimular la situación que se avecina por parte del profesor, Artemis decide almorzar con ellos. Todo va de maravilla, algunos amigos ingresan también al restaurante para almorzar. Luego de casi una hora en el sitio, Kaleb decide abandonar la mesa para dirigirse a su habitación. El restaurante se vacía y ahora solo se escucha dentro de la cocina a los chefs y sus ayudantes.

Así que Artemis pensó en interrogar a su amiga de la manera más sutil.

Cabe resaltar que Maureen es una mujer de alto temperamento y, si no utilizas las palabras adecuadas para llevar una conversación, esta podría malinterpretarse, Artemis saca la libreta de Joshua e inicia la conversación con su mejor amiga.

—Me encanta este nuevo estilo —continuó ella con admiración—. Te ves más maduro, profesional, ya sabes... serio.

—Pues debo darle las gracias a Falcone, si no fuera por él aún vestiría como pordiosero.

—Jajaja. ¿En serio que O'grady te asesora? Hace unos meses le extendí una invitación para un evento de moda y la rechazó.

NIEVE CARMESÍ

—No puede ser, capaz y sí estaba ocupado.

—No lo sé, aunque si por estilos hablamos, considero que te verías mejor si te cortas el cabello —dijo Maureen tocando los cabellos de Artemis.

—Buen intento, pero ya te he dicho miles de veces que tengo un problema capilar, aparte de que me veré horrible.

—Yo solo decía.

—¿Y cómo te está yendo representando a las estrellas?

—Pues no me quejo, aunque es muy tedioso organizar fechas, vestidos para alfombras rojas y entrega de premios, contactar fotógrafos, realmente lo disfruto.

—Cierto que te gusta vivir ese estrés organizacional. ¿Y por qué no accediste como publicista de Jeffrey?

Maureen lanza una tímida mirada a Artemis y bebe un poco de agua para aclarar la garganta.

—Casi lo hago, pero mayormente discuto sobre mis asuntos con Kaleb.

—¿Por qué? ¿Acaso él no te lo permitió? —preguntó Artemis con curiosidad.

—No es eso, para Kaleb es importante pasar tiempo en familia. Tuvo que acortar las giras musicales para pasar más tiempo conmigo, así que me pidió no comprometerme tanto en cosas del trabajo.

—Supongo que él también tuvo que sacrificar compromisos.

—Así es, de hecho, no íbamos a venir a Canadá, pero como Leslie nos insistió, así que cambiamos de planes. Por suerte, venir aquí también era nuestro plan B.

ASESINATO NEVADO

—¿Y cómo están tus papás?

—De maravilla, pero ya sabes cómo se comportan cuando hago mención sobre Kaleb.

—Aún se me hace extraño que, a pesar de llevar varios años casados, aún no vean a Kaleb con buenos ojos.

—Dímelo a mí, en cambio Jonathan sí fue bien recibido, su vida tan predecible y "segura" tenía a mis padres enamorados. Yo estaba contenta con esa unión, a decir verdad, si llegaran a comprometerse, les daría mi bendición.

En ese momento, Artemis se dio cuenta que Maureen no sabía nada sobre el fallido anuncio del compromiso de su hermana. Y para sacar más información, siguió escuchando con detenimiento.

—Kaleb es muy amable, jamás entendí este rechazo. Solo tengo que soportar los comentarios fuera de lugar en las reuniones familiares, en una ocasión, una tía dijo que nos íbamos a morir de hambre, pero cuando Kaleb recibió su nominación en los premios SSA, recibimos su llamada, asegurando que estaba orgullosa por el logro de su ahora sobrino, pero ni eso convence a mis papás. Yo siempre voy a apoyar a mi hermana en sus decisiones, pero es triste ver el rechazo de quienes siempre esperé palabras de orgullo.

—¿Tenías una muy buena relación con Jonathan?

—Definitivamente, vale la pena mencionar que quedamos en que, si él y mi hermana se comprometían, Kaleb iba a escribir una canción para los dos el día de su boda, supongo que como muestra de cariño. Tal vez mis familiares comprenderán que el éxito que tenemos no se mide en términos convencionales, ya que la verdadera riqueza radica en el amor que Kaleb y yo nos tenemos, nuestro matrimonio es resultado de ello.

—¿Lo amas?

NIEVE CARMESÍ

—Como no tienes idea —alcanzó a decir Maureen con los ojos aguados.

De momento se fue la luz en el lugar y muy a lo lejos se escuchaba a alguien sollozar. Es Leslie.

Artemis y Maureen se levantan de inmediato de sus asientos y corren hacia el pasillo. Leslie entre lágrimas, sale de la habitación principal, la misma en donde el detective interroga a los huéspedes y, detrás de ella sale Susan con preocupación, sostiene las manos de Leslie para calmarla. Así que Maureen se acerca de la misma manera para consolar a su hermana.

Artemis está confundido, no sabe qué está ocurriendo, en ese instante, se abre la puerta, el oficial está de pie con la mirada indiferente ante la situación.

—¿Ahora interrogas en grupo? —preguntó Artemis.

—Solo estoy haciendo mi trabajo, necesito reunir pistas.

—Pero si ya la habías interrogado, ¿por qué lo vuelves a hacer? —cuestionó Artemis.

—Tú trabajo no es lastimar a las personas —alcanzó a decir Maureen con su hermana en brazos.

En ese momento llegan Roxanne y Ronald para saber qué ocurre. Pero el detective sin mostrar otra emoción cierra la puerta de la habitación de un portazo.

—¿Qué ha pasado? —preguntó Roxanne.

—Ese estúpido, eso es lo que pasa —continuó Maureen—. Vamos arriba, tienes que descansar un poco.

Maureen, Leslie y Susan se marcharon y luego de un rato, la puerta se volvió a abrir.

—Ah, señorita Carter —continuó Neil mientras leía un

documento—. Es usted la siguiente, pase, que debo hacerle un par de preguntas.

En ese momento volvió la luz y solo quedaron Artemis y Ronald.

—Ronald, por favor...

—A mí no me involucres en tus jueguitos de niño, volveré a mi habitación.

Artemis camina detrás de Ronald para dirigirse a la segunda planta y acompañar a sus amigas, subiendo las escaleras aún escucha los llantos de Leslie, así fue que topándose con Kaleb en el segundo tramo de las escaleras, siente un ligero mareo.

—Oye, amigo, ¿te encuentras bien? —preguntó Kaleb sosteniendo los hombros de Artemis.

—Sí, solo necesito descansar un poco, creo que tanto interrogatorio está acabando conmigo.

—Está bien, sabes que no debes estar solo, vamos al salón de juegos, te relajas en el sofá y bebemos algo, ¿te parece?

Artemis sosteniéndose sobre la pared asiente con tranquilidad luego de lanzarle una sonrisa a Kaleb.

Acompañando al profesor, Kaleb le pide a Darlene que envíe un vaso con agua al salón de juegos.

Reclinado en el sofá de dos asientos, Artemis se sentía más tranquilo, se enderezó un poco y le dio las gracias a Kaleb.

Darlene ingresó al salón con el agua y los dejó solos.

—¿Y qué has descubierto? —preguntó Kaleb.

—Nada, absolutamente nada, cosas personales que no aportan en nada a la investigación.

—Quiero pensar que ese detective sabe cosas, porque no es normal que haya llamado dos veces a Leslie a la sala para interrogarla.

—Él solo hace su trabajo, él puede hacer todas las sesiones que quiera para encontrar la verdad.

Artemis observa una tabla de ajedrez de madera y le lanza una mirada a Kaleb.

—¿Jugamos?

—¡Por supuesto!

Artemis se levanta de su asiento y muy cerca al juego de *hockey* de mesa se sentaron a acomodar las piezas de ajedrez.

—Sabes, yo antes confundía muchísimo la posición de las fichas —dijo Kaleb tomando las piezas del juego—. Bien, vas a ser las negras.

—Excelente, iniciamos la partida con comentarios racistas.

Los dos rieron mientras se posicionan.

—Como te decía, casi siempre confundía la posición inicial de los caballos y los alfiles, pensaba que los caballos iban a los costados del rey y la reina, pero no, son los alfiles.

—Cuando era pequeño los confundía igual.

—Pero siempre tuve claro con las demás piezas, las torres siempre a los lados y el rey siempre junto a su reina.

Iniciaron la partida entre conversaciones, así fue que salieron alegorías entre el ajedrez y la vida real, en otras palabras, Artemis se llegó a imaginar una película inspirada en el juego en acción real bajo el género de un musical. Kaleb solo reía ante la estúpida idea de su amigo y, entre una que otra plática, Artemis no pudo evitar conversar sobre su vida musical.

ASESINATO NEVADO

—De verdad que estoy impresionado por todo lo que has logrado.

—Gracias.

—Es tu primera nominación importante, ¿cómo te sientes ahora?

—Agradecido con Dios por todo esto, parece un sueño. Siempre voy a estar agradecido con mi familia y la de Maureen por tanto apoyo, pese a uno que otro conflicto. Especialmente siento tan reconfortante poder contar con el apoyo de mi musa y mi sostén, mi esposa, cuyo amor e inspiración son la melodía que da ritmo a mi vida.

—Amigo, cálmate, no estamos escribiendo una canción en el estudio.

—Jajaja, de verdad que no lo puedo evitar, aunque… siendo honesto creo que mi rendimiento como músico ha bajado mucho.

—¿Por qué lo dices?

Kaleb detuvo sus manos por debajo del tablero después de un largo suspiro.

—Creo que debo aprender a disciplinarme, he hecho demasiadas cosas, que cuando logro cada objetivo me detengo porque lo doy por sentado. Mírame, ya tengo una nominación en los SSA y no sé si logre obtener este galardón, pero como lo doy por sentado siendo optimista, no he pensado en otros proyectos a realizar, es por eso que ahora solo quiero descansar con Maureen.

Artemis entendió por qué Leslie admira tanto a su hermana, sobre todo a su matrimonio, ella al igual que el profesor, había descubierto la representación de un amor genuino, uno tan fuerte en donde habían involucrados que se oponían a esta pasión.

Pasó un rato y la partida está por acabar, justamente cuando Artemis está por realizar jaque, Kaleb utiliza una pieza y acaba con el alfil de su contrincante.

NIEVE CARMESÍ

—Con mi reina no, nadie la puede tocar —dijo Kaleb en son de burla.

Artemis analiza su próxima jugada y, no tardó en darse cuenta que estaba acabado. Piensa en un montón de movimientos, pero las palabras de Kaleb con referencia a la protección de su reina lo distraen.

—Jaque mate, profesor. —finalizó Kaleb con una sonrisa.

—Eres muy bueno.

—Muchas gracias, ¿jugamos otra partida?

—No. Ya me relajé lo suficiente.

—¿Y no vas a interrogarme como a los demás?

—Ya lo hice —dijo Artemis con una sonrisa mientras se ponía de pie.

Kaleb se quedó estupefacto desde su silla. Y luego de tragar saliva, se puso de pie.

—Increíble, ni siquiera pude notarlo.

Realmente Artemis no tenía más que preguntar y, caminando lentamente hacia la puerta, se escucharon unos fuertes gritos de desesperación. Artemis y Kaleb intercambian miradas una milésima de segundo y salen disparados hacia donde provienen los gritos.

Llegan al recibidor de la mansión, la escena ante los ojos de los presentes, es horrorosa. Darlene grita y corre de un lado al otro hasta desaparecer de la vista de los presentes.

Susan Daniels está muerta en la plataforma entre el primer y segundo tramo de las escaleras.

—¡No puede ser! —susurra Kaleb con fuerza hasta llevarse las

ASESINATO NEVADO

manos a la cabeza.

Artemis está impactado y, llevando su mirada hacia arriba, ve a Leslie y a Maureen llorando sobre los escalones.

Artemis lo dedujo de inmediato por la obviedad, Susan había rodado por las escaleras hasta chocar con la pared y romperse el cuello, su nariz sangra y su posición boca arriba con la cabeza hacia un lateral de la pared evidencia este acto.

De pronto, Joshua se asoma al final de las escaleras y cae rendido al suelo entre lágrimas.

Atónitos, todos permanecen en silencio, hasta que Darlene llega con Joe para mostrarle lo que presenció.

—Yo estaba trabajando cuando de repente vi rodar a la joven Daniels hasta chocar con la pared de la escalera —continuó Darlene entre lágrimas—. Fueron ellas las culpables de esto.

—Pero ¡¿qué está pasando aquí?! —gritó el detective ingresando al recibidor con Roxanne.

—Señor, ya no trabajaré con usted —sentenció Darlene—. No voy a involucrarme en este asunto, ni mucho menos pasaré una noche más en este lugar lleno de locos asesinos. Joe, ¡renuncio!

Darlene da pasos apresurados a la puerta de la mansión para salir y, para su sorpresa, la puerta está bloqueada por una gruesa capa de nieve.

—¡No puede ser! Me urge ir a la estación de Policía —intervino el detective.

—¿Para qué? —Artemis mira fijamente a Neil—. ¿Para dar un informe de investigación sin sustentos?

—Si te crees tan elocuente dime entonces quién es el asesino de tus amigos —dijo Neil—. ¿No puedes verdad? Te lo vuelvo a repetir, solo eres un periodista, no un detective.

Neil se colocó unos guantes y se acercó a revisar el cuerpo de Susan. Después de unos segundos, mira a cada uno de los que están en el recinto y vuelve a tomar la palabra.

—Definitivamente que ustedes dos la empujaron por las escaleras —alcanzó a decir Neil apuntando a Maureen y a Leslie—. Bajen con cuidado, están arrestadas.

Ronald, que se asomó en el barandal con rostro de preocupación, permanece inmóvil al final de las escaleras junto a Joshua.

Cuando Leslie pasa a un lado de Artemis, algo llama su atención, un peculiar objeto que solo había visto una vez: el pañuelo de Susan. Artemis notó el perfecto bordado de la letra "S" y quedó atónito. ¿Por qué Leslie tiene el pañuelo? Entonces Neil sacó su cámara y fotografió la escena del crimen para luego retirarse.

Joe llama al personal de la mansión para que ayuden a limpiar, todos con guantes, levantaron el cuerpo sin vida de Susan y lo colocaron en una bolsa blanca y entre cuatro asistentes llevan el cuerpo al congelador.

Artemis se queda en el recibidor con Kaleb, Joshua y Roxanne. Todos lloran la pérdida de su amiga, pero Roxanne se nota más destrozada.

—¿Qué te ocurre? —preguntó Artemis.

—¡Lo dije todo! —sollozó Roxanne.

—Pero dime, ¿de qué hablas?

—Ya estoy harta, harta de los gritos, de los golpes, no puedo más con esto.

—Es sobre Ronald, ¿cierto?

Roxanne asintió y Artemis abrazó fuerte a su amiga. En ese

ASESINATO NEVADO

instante Ronald bajó las escaleras con cuidado de pisar la sangre.

—Artemis...

—¡No vuelvas a dirigirme la palabra y mucho menos a Roxanne! —gritó Artemis con los ojos aguados de enojo.

—Espero que después de esto, no te acerques más —dijo Joshua con repugnancia.

Ronald, perplejo, mira fijamente a Kaleb que lo fulmina con la mirada y, aguantando las ganas de hablar, regresa a su habitación.

—Hoy dormirás en mi cuarto —dijo Artemis—. No te volverás a acercar a ese animal.

Kaleb se fue al pasillo de la sala en donde están Leslie y Maureen. Artemis subió con Joshua para instalar a Roxanne en su habitación.

La tarde pasó lentamente, Roxanne duerme y Artemis está reclinado en un sofá frente a la ventana, hasta que un disparo resonó en medio del recibidor.

Artemis corrió con tanta prisa y, su cabeza no dejaba de pensar en quién habría sido la siguiente víctima. Los que estaban en la segunda planta se asomaron para saber qué había ocurrido, para su sorpresa, Neil está de pie a mitad del recibidor y con la pistola hacia arriba, al lado del árbol de Navidad. El humo aún sale del cañón de la pistola.

Tras el disparo de Neil al techo de la mansión Givercross todos los huéspedes y parte del personal de servicio se reunieron en el recinto.

—Quiero anunciar a los presentes que el caso ha sido resuelto.

—¿Y no podías buscar otra manera de avisarnos? —preguntó Artemis furioso—. Sabes perfectamente que el ambiente no está siendo relativamente sano para nosotros.

NIEVE CARMESÍ

—Oh, perdone usted querido profesor, no quería lastimar su frágil estabilidad emocional.

—Avergüenzas a tu profesión con estas niñerías.

—Me insultas —repuso Neil con sarcasmo—. Pues, profesor, ahora necesito de usted como periodista. Como ya el caso está resuelto, voy a necesitar que redacte un correo con los siguientes detalles de lo sucedido para el informe. Leslie Carpenter es culpable por el asesinato de Jonathan Mason, Jeffrey Goodman y Susan Daniels.

Leslie, quien permanece en el recibidor, abraza a su hermana con fuerza entre llantos.

—Leslie los trajo aquí para realizar su cacería —continuó el detective paseándose por la habitación—. Mató a Jonathan Mason porque quería acceder a su dinero, Jeffrey Goodman la vio realizar este atentado contra su pareja y ella lo sabía, así fue que llegó a hurtadillas a su cuarto y lo mató a sangre fría con el cuchillo de la cocina, el mismo que tomó en el momento en que llevaban el cuerpo de Jonathan hacia el congelador. Después de realizar las interrogaciones en grupo, salió a flote dentro de la conversación que Susan, aparte de manejar las finanzas del señor Mason, también estaba enamorada de él, los celos carcomieron desde adentro a la señorita Carpenter, ya que, al sentirse impotente al no tener fácil acceso al dinero de su novio, odiaba percibirse tan miserable al ver que la persona que manejaba esto, está enamorada de su pareja. Así que actuó como la principal víctima entre sus llantos y, al tener los consuelos de ella, la lanzó por las escaleras acabando con su vida, así es como lo hacemos señor Millburn. El caso está resuelto.

Parte del cuerpo del personal de servicio aplaude con fuerza y Neil, regocijándose entre el vitoreo, mira a Artemis desde abajo y hace una pequeña reverencia.

CAPÍTULO IX

Pasaron varios minutos y todos despejaron el lugar. Artemis, entre el enojo, sabe que algo no anda bien. Así que se opuso a escribir dicho informe.

Neil se disgustó y decidió que ahora la persona correcta para redactar el acta es Darlene. Ella, aún con temor, accedió a registrar el documento en la oficina de Joe con Neil a un lado.

Artemis aprovecha este momento para escabullirse y llegar a la habitación principal junto a Joshua. Su idea es tener una vista más clara de lo que había sucedido y para esto tiene que interrogar a las hermanas Carpenter al mismo tiempo.

—Están destrozadas —dijo Kaleb tristemente saliendo de la sala.

Después de que Artemis ingresa, Joshua cierra la puerta tras él. Maureen y Leslie están una junto a la otra con los ojos aguados y el profesor, con mucha cautela, se sienta a hablar con ambas.

—¿Todo está bien?

—Por supuesto que no —repuso Maureen—. A mi hermana la acaban de acusar injustamente de asesinato.

—Lo sé, perdóname, solo que no supe qué decir —se apresuró Artemis.

NIEVE CARMESÍ

—No tienes porqué disculparte, todo está claro —dijo Leslie poniéndose de pie mientras se pasea lentamente por la habitación—. Fui yo quien lo hizo, maté a Jonathan, a Jeffrey y a mi más querida amiga. En un caso como este, la persona que menos piensas o la que más móviles tiene con sus víctimas es la culpable.

Artemis la observa con detenimiento, hasta que ella se detuvo frente al tablero de armas.

—Leslie, dime una cosa —intervino Artemis—. ¿Por qué tenías el pañuelo de Susan cuando ella cayó por las escaleras?

Leslie se detuvo de golpe y volteó para ver a su amigo con frialdad.

—¿Es en serio? ¿Estás suponiendo que yo empujé a Susan por las escaleras? —preguntó Leslie con furia—. De verdad, Artemis, creo fervientemente en tus deducciones como profesional, pero llegar aquí a argumentar una resolución que no es la correcta te deja mal parado.

—Yo solo te pregunté por qué tienes el pañuelo.

—¿Lo quieres? Bueno, es tuyo —dijo Leslie sacando de su bolsillo el pequeño manto para lanzárselo.

—¡Leslie, mantén la compostura por favor! Artemis solo te está preguntando sin afirmar —intervino Maureen.

Artemis inspeccionó el pañuelo y no encontró rastro alguno de sangre o rasguños. En ese momento Neil entra a la habitación, mira con suspicacia a Joshua que aguarda en la puerta y luego se dirige a Artemis.

—No lo quieres aceptar, pero disfrutas mucho interponerte en mis obligaciones, quiero pensar que ahora buscas protagonismo después de haber resuelto el caso.

—Por supuesto que no —repuso Artemis poniéndose de pie.

ASESINATO NEVADO

—Entonces deja de querer hacer mi trabajo, solo apareces para estropearlo todo.

Artemis sale con pasos acelerados junto a Joshua y, tocando la pieza de tela, nota que aún está húmeda. Sí, son lágrimas de alguien quien lleva todo el día llorando la pérdida de quien amaba, definitivamente quien pensaba, no es culpable.

Al anochecer, todos ya están en sus habitaciones, salvo por Roxanne quien duerme en el cuarto de Artemis. Él se reclinó en el sofá, tomó una manta y se echó a descansar.

Neil se ha rendido, los apagones en la mansión Givercross son cada vez más intensos, a tal grado que el ordenador de la recepción se averió. Neil no pudo continuar con la declaración de la resolución del caso y pidió amablemente una habitación disponible para poder descansar.

A la mañana siguiente, todo parece tranquilo, no hay indicios de irregularidades. Los huéspedes salieron de sus habitaciones y se dirigieron a desayunar al restaurante. Solo se escuchan los ligeros golpes de cubiertos sobre los platos, hasta que de un portazo ingresó Neil al recinto.

—¡Todos ustedes son culpables!

Aún sin entender la molestia del detective, todos se mantienen en completo silencio. Parece que el sargento ha perdido la cordura.

—Se van a arrepentir, mi palabra es la que pesa sobre la ley y solo yo tengo el poder de encarcelarlos a ustedes con o sin razón.

Joe entra al lugar con nerviosismo y se acerca al detective.

—Señor, por favor, ¿podría calmarse?

—¡No, por supuesto que no! Estos desgraciados se metieron a mi habitación y tomaron mi arma.

NIEVE CARMESÍ

Los huéspedes se miran con extrañeza hasta que Joe vuelve a tomar la palabra.

—Por favor, sé que se siente estresado por el encierro, pero trabajaremos por solucionar esto.

—¡Ustedes también son unos ineptos! —repuso Neil con locura—. Tienen palas para liberar el camino, hasta el poder de derretir el hielo que hay sobre la lona de la piscina termal, pero no han hecho nada.

Joe se siente culpable por esas palabras y, sin decir nada, sale del establecimiento.

—Sí, me las van a pagar todos ustedes —alcanzó a decir Neil antes de salir del restaurante.

Cuando terminaron de desayunar, algunos se dirigieron a sus habitaciones, pero antes de subir, Artemis se detuvo en el recibidor y, observando la puerta abierta, notó cómo Darlene usaba una pala para separar la gruesa capa de nieve de la entrada. Kaleb ingresó a la sala de música y comenzó a tocar el piano para aliviar el ambiente del lugar.

Entrando a su habitación, Artemis nota que Roxanne sale con alguna de sus cosas de higiene personal.

—Creo que voy a tomar un baño de agua caliente en mi habitación —dijo Roxanne.

—¿Estás segura? Puedes usar la bañera de mi cuarto.

—Tranquilo, al final del día, soy yo quien debe aprender a buscarle solución a las cosas.

Artemis lanza una media sonrisa a su amiga y entra a su cuarto.

Pasaron veinte minutos y, sumido en sus pensamientos, Artemis no deja de observar el pañuelo de Susan que descansa sobre la cómoda al lado de su cama y tratando de unir los cables sobre un posible culpable, el sonido de un disparo lo hizo volver a la realidad. Sale del cuarto y se queda parado en medio del pasillo de la mansión, se escuchan pasos de huéspedes y subordinados subiendo por las escaleras. Artemis se dio cuenta que el disparo vino de la segunda planta. De pronto, un fuerte grito proveniente del cuarto de Roxanne capta su atención. Artemis corrió lo más que pudo, le fue imposible abrir la puerta. Neil llegó con un bate de béisbol y, justo antes de golpear la puerta, Artemis lo detiene para dar una fuerte patada para abrirla de golpe.

Roxanne está parada junto al cuerpo sin vida de Ronald Fisher, ella aún empapada con la toalla rodeando su pequeño cuerpo, parece estupefacta frente a la víctima. Ronald tiene una herida de bala en el centro de la frente, yace boca arriba sobre una alfombra que poco a poco absorbe la sangre proveniente de su ser.

—Yo no lo hice, se los juro que no lo hice —dijo Roxanne con voz temblorosa.

Neil observa a Roxanne con frialdad. Artemis se fija que la ventana al fondo de la habitación está abierta, pero el frío lo cautiva. Camina con rapidez hacia la ventana y se da cuenta de que está al mismo nivel de la superficie de la cúpula de cristal que alberga la piscina interior. Sin tardar, visualiza el arma que acabó con la vida de Ronald, es un rifle en buen estado que su verdugo dejó en la cúspide del domo; Artemis pensó ir en busca de ella, pero el vértigo ante la sensación de caer lo detuvo por un segundo. De repente, el profesor sale disparado del cuarto y corre por los pasillos hasta salir por la puerta trasera que da a la villa de los trabajadores de la mansión. Antes de colocar su mano en la perilla, observa nieve en el suelo proveniente de afuera, los rastros cándidos fueron desapareciendo en el pasillo, abre la puerta de la cocina y solo ve a un cocinero detrás de la barra cortando alimentos. Solo Artemis sabe por qué fue en dirección a ese lugar, pero su mayor error fue no decirle al detective.

NIEVE CARMESÍ

Sin contemplar el frío de afuera, sale por la puerta trasera de la mansión sin abrigarse; hay una capa gruesa de nieve en la salida, pero a diferencia de la altura de la nieve en la entrada, se puede caminar sin problemas. Así, tal cual como lo dedujo, Artemis descubrió la muy evidente pista, halló huellas que venían de la cúpula de vidrio conducida hasta la puerta trasera de la mansión.

Artemis no soporta más el frío y se regresa a toda prisa a la segunda planta en donde Neil fotografía el cuerpo de Ronald y Roxanne, aún en paños menores, está sentada en el sofá reclinable.

—¡Estás arrestado! —afirmó Neil después de empujar a Artemis contra la pared y colocarle las esposas.

—¡Pero, ¿qué le ocurre?! —gritó Artemis.

—Estás arrestado por haber matado al señor Fisher.

—¿Acaso se ha vuelto loco? —cuestionó Artemis con furia.

—Les dije que puedo arrestarlos cuando quiera —continuó Neil con prepotencia—. Señorita Carter, usted también está arrestada por el mismo crimen.

—Está bien, ¿que no va a esposarme? —preguntó Roxanne.

—Oh no, por supuesto que no señorita, primero se pone una ropa cómoda y luego se dirige a la habitación principal.

En ese momento los huéspedes y personal de la mansión llegan a la entrada del cuarto para ver el siniestro.

—¿Qué pasó aquí? —Joe preguntó horrorizado.

—Esto pasó —dijo Neil señalando a Artemis esposado—. Artemis Millburn asesinó a Ronald Fisher.

Todos se exaltan y comienzan a murmurar.

—Bien, si fue Artemis, ¿en dónde está el arma? —intervino Kaleb.

ASESINATO NEVADO

—Mmm... esto... —titubeó el detective.

—El arma está sobre el domo de la piscina —repuso Artemis con frialdad.

—Eso, en el domo de la piscina. ¡Lo confesó! —dijo rápidamente Neil para luego dirigirse a la ventana—. Necesitaré que vayan por ella, ya que es parte vital de la investigación. ¿Ya encendieron la piscina termal?

—Sí señor —contestó Joe.

—Excelente, por lo menos eso nos ayuda a liberar el terreno, la mansión no puede ser devorada por la nieve.

Neil toma por los hombros a Artemis y lo conduce hacia el pasillo, se dirigen a la habitación principal y ahí el detective lo confronta.

Sentado en un sofá, aún esposado, mira con repugnancia a Neil quien vuelve a leer los documentos personales de los interrogados.

—Supongo que esta siempre fue tu artimaña, profesor.

—¿Crees que si fuera el culpable te diría en dónde reposa el arma homicida? —preguntó Artemis.

—Por supuesto que sí. Estoy tan capacitado ante las acusaciones personales, que puedo identificar a alguien que quiere aportar para zafarse de los posibles culpables.

—Soy inocente y puedo decirte con exactitud lo que pasó.

—Bien, te escucho...

Artemis posa su mirada en el tablero de armas sobre la chimenea.

—Mira, hace falta un arma sobre el tablero, curiosamente, es el mismo rifle con el que dispararon a Ronald.

NIEVE CARMESÍ

Neil observa la pared y mira a Artemis con indiferencia.

—¿Y eso por qué tiene que preocuparme? ¿Qué no ves? Ya tenemos el arma, el saber que estuvo o no sobre ese tablero, no traerá de vuelta al joven Fisher.

—¿Podrías escuchar mi deducción?

—Mmm, continúa...

—Roxanne estuvo en mi habitación toda la noche.

—¿Acaso vienes a presumir que tuviste un romance con la señorita Carter?

—¡Por supuesto que no!

—Sabes, eso podría ayudar mucho en la investigación. Bien tengo entendido que te mostraste muy unido a ella cuando llegó.

—¡Porque me preocupa su estado actual! ¿No ve que estaba siendo abusada físicamente por ese patán?

—Muy bien profesor, ahora estamos progresando —continuó Neil sacando un documento distinto al que leía—. Esta es la confesión de uno de sus amigos, justo después de que hablara sobre su pérdida me mencionó algunas cosas que sucedieron la noche anterior. Usted no está siendo cien por ciento honesto conmigo, profesor Millburn.

Neil leyó la página hasta llegar al fondo de la hoja.

—Después de la muerte del señor Mason, usted tuvo un brote psicótico, los encerró en esta habitación y tuvo una acalorada discusión con los ya fallecidos: Jeffrey Goodman y Ronald Fisher —continuó con una ligera sonrisa de orgullo—. Cuando Fisher indicó que eras el asesino dijiste que, si lo fueras y tuvieras en tu poder un arma, acabarías con él... a ver, ¿qué más?... Ah sí, es cierto, finalizaste la amenaza con una fuerte grosería... A ver, creo que la leí por aquí... ah, sí, "maldito bastardo".

Artemis olvidó aquellas palabras, el calor del momento dentro de la sala principal lo había hecho decir cosas que ahora servirían como arma de doble filo para dejarlo mal posicionado.

—Luego de que lanzaste esa frase, el señor Fisher te hizo una controversial invitación que, dado a los acontecimientos de hace unos minutos, veo que la seguiste al pie de la letra. Fisher te dijo que por qué no tomabas de la pared un arma de caza y le disparabas. Ahora que mencionas el arma faltante sobre el tablero de la chimenea creo que lo puedo comprender.

—Oficial, yo no lo hice —Artemis se defiende—. Usted me vio tratar de ingresar a la habitación, es imposible que haya disparado y salido en tan poco tiempo.

—¿Quiere entonces decir que la señorita Carter fue la asesina? Porque ella tiene muchísimas razones para matarlo y, siendo amiga suya, tiene mucho sentido que hayan pasado la noche juntos.

—Con permiso —dijo Roxanne ingresando a la sala.

—Oh, señorita Carter, tome asiento. Necesito volver a interrogarla en privado.

Neil se levanta y saca unas llaves para liberar al interrogado. Artemis se inclina para que el detective pueda quitarle las esposas y en ese instante aprovechó para echarle un ojo al autor de la confesión del documento que descansaba en la silla. Aquella resolución que leyó Neil, tiene el nombre de su mejor amigo, Joshua Simmons.

Artemis siente que su estómago se retuerce cuando sale al pasillo de la mansión. Su mejor amigo y compañero en la investigación lo lanzó al agua.

Camino al recibidor, escucha a Kaleb tocar el piano en la

habitación de al lado y vislumbrando por la puerta, que está abierta, nota que Darlene sigue intentando quitar la nieve de la entrada.

—Señorita, ¿usted desde cuándo está ahí? —preguntó.

—Joe me pidió que libere el camino, la capa de nieve es tan alta que hasta podría palear en línea recta y crear un túnel de escape.

—Ya veo, pero creo que es un trabajo en vano, para quitar la nieve necesitaría a más de veinte personas.

—Lo sé, pero es mejor esto que estar sentada en mi puesto sin hacer nada.

Artemis aprovecha que Darlene coopera en la conversación y le lanza algunas preguntas.

—¿Antes del disparo vio algo inusual?

—No.

—¿Y después?

—Tampoco.

—¿Alguno de los huéspedes hizo algo sospechoso mientras usted estaba aquí paleando la entrada?

—Sé qué está haciendo, señor Millburn, pero sea lo que sea no soy cómplice de nadie —advirtió Darlene con furia—. Ahora déjeme hacer mi trabajo.

—Claro, el mismo trabajo que usted dice que realizaba cuando Susan rodó por las escaleras.

Darlene lo mira enojada.

—Sé que usted dormía con los ojos abiertos señorita Bowers, porque de ser así, escucharía llorar a Leslie mientras bajaba por

ASESINATO NEVADO

las escaleras y seguramente se acercaría a socorrerla al verla sumida en llanto.

—Es usted una persona insensible, señor Millburn.

Darlene, avergonzada, se giró para seguir con su trabajo

Artemis no supo qué más decir. En eso, ve a su mejor amigo bajar por las escaleras. Joshua lo mira con gracia, pero Artemis recuerda el documento que leyó hace unos minutos. En ese instante Neil y Roxanne ingresan al recibidor.

—Felicidades profesor, descubrió el misterio —dijo Neil con una sonrisa.

—¿De qué habla? —preguntó Artemis.

—Pues que usted tuvo razón. No mataste a Ronald Fisher, fue ella —continuó el detective, señalando a Roxanne—. Ayer que la interrogué noté indicios de un posible intento de asesinato, por supuesto que razones y motivos no le faltaron para cometer este acto delictivo.

Joshua, quien va por el primer tramo de las escaleras, se lleva las manos a la cabeza.

—Bien, el caso está resuelto y mi arma aún no aparece. Supongo que el involucrado hablará cuando esté acorralado —afirmó Neil con los ojos puestos en Artemis—. Para tener una deducción lo suficientemente sustentable, es mejor no confiar en nadie, un amigo por muy cercano que sea podría acabar con la vida de quien se interponga en su camino.

Neil se dirige a la puerta del cuarto de música y deja ir unas palabras:

—Señor Davies, ya deje de tocar, tenemos una nueva resolución. Tengo que hacerle unas preguntas para limpiar acotaciones del caso, después de esto quiero que todos se dirijan a la habitación principal, incluyendo a los administradores y colaboradores de planta.

Kaleb sigue a Neil que camina con pasos decididos, se perdieron de vista y Artemis aprovechó para hablar con Roxanne.

—Ven a mi habitación.

—Cierto, solo falta ella para interrogar —sostuvo Joshua.

Caminaron hasta la habitación y Artemis le pide nuevamente a Joshua que permanezca dentro del cuarto junto a la puerta con la condición de que se quede callado. Solo con escuchar a su amigo pierde la cordura, pues pensar que Joshua puede ser el asesino, es algo que jamás pasó por la cabeza del profesor.

Roxanne se acostó sobre la cama de Artemis y esperó que su amigo le hiciera las preguntas necesarias.

—Roxy, entiendo que estabas un poco perturbada por cómo te trataba Ronald, pero no logro entender por qué quisiste regresar a la habitación.

—Ya te dije que solo quería tomar un baño, eso es todo.

—Pero aquí tenías el baño de Artemis...

Artemis mira a su amigo con enojo, Joshua entiende la expresión y cierra la boca.

—Te ofrecí el baño de mi habitación y te negaste, pero al regresar a tu cuarto, no pasaron ni diez minutos exactos cuando de repente... bueno, no tengo por qué volver a repetirlo.

—¿En serio crees que yo fui quien lo mató? —preguntó Roxanne con los ojos puestos en Artemis.

—La verdad... ahora mismo no sé a quién creerle, los he interrogado a todos y no logro dar con el paradero del culpable de todo esto. Ya no sé si detenerme o seguir "jugando al detective",

ASESINATO NEVADO

como decía Jeffrey.

—Artemis, yo no lo maté.

—¿Y por qué la puerta del cuarto estaba cerrada? —intervino Joshua.

—¡¿Quieres callarte por el amor de Dios?! —gritó Artemis poniéndose de pie—. He estado confiando en ti desde el día en que dijiste que querías formar parte de la investigación, eso no quiere decir que estés libre de cualquier culpabilidad. Hasta yo soy un posible sospechoso a través de los ojos de Neil. Prosigue Roxanne.

—Antes de que me metiera a la bañera, tuve una discusión con Ronald —explicó Roxanne—. Realmente fui yo la culpable de esto, si tan solo lo hubiera escuchado, ya tendríamos el paradero del asesino.

Artemis aún de pie, cambia de semblante y se acerca a su amiga con sigilo.

—¿Qué tratas de decir?

—Pues, ingresé a mi habitación y Ronald me tomó por el brazo, me dijo que quería hablar y no lo quise escuchar, intenté zafarme de él y caminé hacia el baño —continuó Roxanne, ya en llanto—. Ronald me suplicaba que quería hablar conmigo, que necesitaba decirme algo importante y que solo yo podía saber. Giré la perilla de la bañera ignorando sus palabras y gritó una última cosa, dijo que él sabía quién era el asesino y que el único que puede saberlo eres tú, Artemis. En ese momento dudé de mí misma y quise levantarme de la bañera, pero un impulso hizo que me hundiera dentro para lavarme el rostro y cuando me senté con la cabeza fuera del agua, escuché el disparo.

—No puede ser —dijo Artemis llevándose una mano al rostro—. Es por eso que Ronald quería hablar conmigo, justo después de que se llevaran el cuerpo de Susan. Soy un idiota, si no le hubiera gritado daría con la identidad del asesino y puede que Ronald hubiera seguido con vida.

—No te lamentes, haces lo suficiente para resolver esto.

—Exacto, lo suficiente para terminar en nada. La única persona que sabía la verdad de todo esto ahora está muerta. ¿En qué nos aporta ahora? Que el mismo asesino sabía con exactitud que Ronald conocía de sus fechorías.

—Artemis, disculpa, pero… ¿qué harás ahora? —preguntó Joshua con cautela.

—Interrogarte, eres el único de los que están con vida al que no he investigado —respondió Artemis con autoridad—. Roxanne, hazme un pequeño favor: del bar quiero que me traigas una botella del mejor *whiskey*; le dices al chico de la barra que es una petición del profesor, le entregas este billete y esperas que te dé la botella y dos copas.

—Está bien —dijo Roxanne antes de retirarse de la habitación.

Artemis acerca una segunda silla frente a la que usó mientras interrogó a Roxanne e invitó a Joshua a tomar asiento.

—¿De verdad crees que soy capaz de hacer todo esto?

—Mmm, no lo sé, eres el único que no he interrogado y la verdad es que muchas cosas de tu parte aún deben ser aclaradas. Ya te había dicho que el que hayas formado parte del interrogatorio como mi compañero, no te salvaría de ser sospechoso.

Joshua sonríe y cruza las piernas. Artemis permanece callado esperando a su amiga, hasta que el ruido de la puerta avisó de su llegada.

Roxanne llegó con una botella de *whiskey* y dos copas medianas, se las entregó a Artemis y se retiró.

ASESINATO NEVADO

—¿Qué? ¿Piensas emborracharme?

—Por supuesto que no, amigo —replicó Artemis levantando la copa vacía—. Esto va por los buenos tiempos.

El profesor le sirvió a su amigo y luego a sí mismo. Bebieron por varios minutos y rieron mientras recordaban anécdotas del pasado.

—¿Recuerdas cuando nos conocimos? —preguntó Joshua luego de un trago.

—Sí, en la universidad.

—Así es, creo que no nos agradábamos.

—No sé tú, pero a mí no me agradabas, pero solo me tomó un día para saber que eras una buena persona —comentó Artemis antes de beber.

—Tuvimos una vida social y universitaria muy memorable, supongo que, si olvidamos algunos aspectos específicos sobre nuestros fracasos amorosos, todo fuera perfecto.

—Así es —respondió Artemis con una sonrisa.

—¿Qué sucede?

—Recordé la primera reunión que tuvimos en grupo, fue Jeffrey quien la organizó. ¿Quién lo diría? La persona que nos hizo salir del molde como un grupo que solo se veía en la universidad e iba a casa de los abuelos y padres de Maureen y Leslie. Se convirtió en la misma que poco compartía con nosotros.

—Vaya, fue una buena persona, recuerdo cuando solo éramos los tres.

—Sí, lo voy a extrañar un montón.

Artemis y Joshua beben continuamente y, sumidos en la

NIEVE CARMESÍ

conversación, recordaron a profundidad aquel primer viaje en grupo.

—Recuerdo cuando Jeffrey nos dijo "solo deben poner quince dólares" —continuó Artemis—. Yo no lo entendía, era mi primera escapada a la playa, te lo juro que un sentimiento extraño me dijo que las cosas no iban a terminar bien. A ver, recuérdame quiénes estuvimos ahí…

—Tú, Maureen, Jeffrey, Leslie que llegó al día siguiente, Ernest, Curtis…

—Creo que te olvidas de alguien más —dijo Artemis con mirada pícara.

—Charlotte fue alguien del pasado, no creo que deba seguir recordándola —dijo Joshua tomando un sorbo de su copa de *whiskey*.

—Lo sé amigo, ¡pero demonios! Sí que eran como conejos. Recuerdo ese día cuando la cama de su habitación hacía tanto ruido que tuve que interferir…

—Sosteniendo la cama de un lado —respondió Joshua rápidamente con una carcajada—. De verdad que voy a recordar ese momento como el más loco de nuestras vidas.

—Definitivamente que desde un inicio Maureen y Leslie junto a Jeffrey siempre estuvieron con nosotros, tantas personas llegaron a nuestro grupo y no soportaron nuestra unión.

—Así es, ¿pero sabes con qué recuerdo me quedo?

—¿Con cuál?

—Una de las cosas que siempre va a marcar nuestra amistad, es la unión que tuvimos en momentos difíciles —continuó Joshua con los ojos aguados—. Éramos jóvenes, inexpertos en la vida, no teníamos trabajo y tratábamos de apoyarnos en todo momento. Recuerdo cuando recolectábamos dinero en grupo para comprarnos el almuerzo, para mí esos detalles fueron muy significativos, recuerdos que siempre van a tener gran importancia en mi corazón.

Artemis no deja de sonreír, una lágrima brota de su rostro y levanta la copa antes de darle el último sorbo.

—Por Jeffrey.

—Por Jeffrey.

En ese momento Joshua choca su copa con la de Artemis y salpica un poco de su bebida en la alfombra del cuarto.

—¿Ya ves lo que hiciste?

—Tranquilo, esa es la bendición —acotó Joshua.

Rieron juntos y se pusieron de pie. Artemis acompañó a su amigo hasta la puerta sin dejar de hablar, la abrió un poco y continuó la plática.

—¿Soy culpable de algo?

—Usaste un discurso muy conmovedor querido amigo, solo eso te ayudó a despejarte por completo.

—Ah, y eso que no hice mención sobre ella.

—Me hubieras atrapado si mencionas a Giselle —sonrió Artemis—. Pero hay que recordar que ella ahora está comprometida.

—Aún la extrañas, ¿cierto?

—Como no tienes idea, pero ahora ella es feliz —acotó Artemis con la mirada perdida—. Pero te lo juro, Joshua, si me entero que ese desgraciado llega hacerle daño, no tendré control de mí…

NIEVE CARMESÍ

Artemis se sobresalta por un momento, sus ojos se entornan seguido de una extraña sensación, como si de efecto vértigo se hablara y casi sin aire mira a su amigo que está junto a la puerta y da unos pasos hacia atrás.

—¿Qué sucede? —preguntó Joshua.

—Sé quién está detrás de todo esto —respondió—. Sé quién es el asesino.

En ese instante, alguien del otro lado golpea a Joshua en la cabeza y este cae al suelo un tanto inconsciente. Artemis va tras su amigo para reponerlo, pero al ver sus manos, divisó la cantidad de sangre que sale detrás de su cráneo. Horrorizado, casi en llanto, queda luego de ver el disco de diez libras que usaron como arma.

—Amigo, háblame.

Joshua habla con dificultad y Artemis con sus manos ensangrentadas llora.

—Necesitas ayuda médica.

—No... yo estaré bien... ve por el... asesino.

Artemis toma una toalla y se la coloca a su amigo detrás de la cabeza. Se apresura corriendo a través de los pasillos de la mansión Givercross hasta detenerse, ve desaparecer un rostro al asomarse entre la esquina del pasillo. Artemis cree que lo quieren confundir, pero se detiene nuevamente para analizar el sonido de las pisadas. Cuando por fin alcanza a escuchar pasos apresurados, fue detrás de la figura, baja las escaleras rápidamente y no encuentra a Darlene en su puesto de trabajo. De prisa, escuchando el fuerte trote de aquellos pies pesados, va en dirección al primer pasillo, allí está Kaleb tirado en el suelo junto a la pared con manchas de sangre.

—Hacia allá, me hirió y corrió hacia afuera —dijo Kaleb con dolor.

ASESINATO NEVADO

Artemis empuja a algunos colaboradores de planta y se apresura para salir por la puerta lateral de la mansión, la misma que conduce a la piscina termal.

CAPÍTULO X

Artemis ve a la figura que viste de blanco, el singular uniforme de los ayudantes de la cocina. Corre en dirección recta hasta quedar en medio de la lona que protege la piscina.

El camino está liberado, la idea de Neil de encender la piscina térmica funcionó, ya se puede ver el camino desbloqueado y la tormenta de nieve ha cesado.

—¡Alto!—gritó Artemis con las manos todavía ensangrentadas—. ¿Por qué haces esto?

La figura se voltea y deja ver su rostro ante la cándida zona en donde se encuentran.

—Esto tiene que parar, ¿cuánta sangre inocente se seguirá derramando? Por favor, dime ¿por qué lo haces?

—Jamás lo entenderías.

—Por supuesto que lo entiendo, Maureen.

Maureen se quita la mascarilla y mira con enojo a Artemis que se detiene frente a ella.

—Por muchos años he tenido que soportar el mal trato que el mundo me brinda.

ASESINATO NEVADO

—No es el mundo Maureen, es tu familia y nosotros somos tus amigos, jamás pensamos en lastimarte.

—Dile eso a quienes rechazan a mi esposo, a mi matrimonio, todos me hacen sentir tan miserable.

—Maureen, no proyectes tus sentimientos equivocados sobre nosotros —continuó Artemis con calma—. Sé que fuiste tú la que lanzó a Susan por las escaleras y hay una razón por la cual lo hiciste. Hace unos momentos descubrí que no actuaste sola, sé de alguien más que estuvo junto a ti detrás de todo esto.

En breve, un disparo hacia el cielo retumba detrás de Artemis, un disparo que ya había escuchado, uno proveniente de un arma que ya fue ejecutada dentro de la mansión.

Artemis voltea y ve a la figura con la pistola elevada caminando hacia él. El arma perdida del detective, está bajo su poder.

—Sé que fuiste el culpable, y todo esto por nada —replicó Artemis de pie sobre la lona.

En ese instante, detrás de ellos salieron el detective, Roxanne, Joe, Darlene y algunos empleados de la mansión.

—¡No se acerquen o disparo! —gritó apuntando a Artemis con el arma.

El fuerte viento en la silente zona arremete contra ellos y, para calmar lo tenso del momento, Artemis solo alcanza a gritar:

—¡Ya basta!

—¿Basta? Vamos profesor, cuéntanos un poco sobre tu fantástica deducción final, quedaste en la parte en donde Maureen lanzó a Susan por las escaleras, ¿por qué mejor no empiezas desde el inicio de todo? En donde toda esta tragedia nos trajo hasta aquí.

—Kaleb, baja el arma por favor.

NIEVE CARMESÍ

—¡No! Quiero que seas preciso antes de que cometa mi objetivo acabando contigo —dijo Kaleb aún con la pistola apuntando a Artemis.

—¡Nooo, mi hermana! —Leslie llegó a la escena y gritó tratando de acercarse, pero Neil la sostiene para evitar que corra peligro.

—Tú mataste a Jonathan en la sala principal.

—Muy bien continúa —dijo Kaleb con una frenética sonrisa.

—Pero fue un accidente. Como Jonathan y Jeffrey estaban conversando animadamente y cambiaban regularmente de lugar, Leslie confundía la copa de Jeffrey con la de Jonathan. Cuando se fue la electricidad por unos segundos, tomaste la daga imperial de la vitrina y apuñalaste a Jonathan creyendo que era Jeffrey y como no resultó tu atroz hazaña, en la madrugada fuiste a hurtadillas hasta la habitación de Jeffrey y acabaste con su vida. Cuando nos descuidamos colocando el cuerpo de Jonathan en el congelador, tomaste un cuchillo de la cocina y lo ocultaste hasta la hora en que todos descansábamos, esperaste a que Jeffrey se relajara lo suficiente después de fumar y forzaste la puerta de su habitación. ¿La razón? Celos, odiaste verlo bailar con tu esposa, conociendo el pasado turbulento cuando Jeffrey le declaró su amor. Ese sentimiento despertó en ti aquella noche, es por eso que después de que Maureen bailara con Jeffrey, te interpusiste para bailar con ella. Ayer en el juego de ajedrez, noté cuán obsesionado estás con tu esposa, una obsesión que raya en lo enfermizo y esa obsesión la proyectaste en el juego cuando repetías que debías proteger a tu reina. Hace breves minutos entendí que esa protección a tu reina no era refiriéndote a una ficha, sino una alegoría a tu esposa. Conozco ese sentimiento de temor de perder a tu esposa, yo perdí una vez a alguien que amé y, hasta el sol de mis días, si llego a saber que algo malo le ocurre por culpa de otro, no tendré control de mí.

Sé que Jeffrey había contactado a Maureen para que fuera su publicista, pero te negaste ante esta oferta, con la excusa de que ella debe pasar más tiempo contigo, esa obsesión te hizo ceder al no disciplinarte en cuanto a la música. Todo tuvo más sentido cuando me fijé que ustedes fueron los únicos que no se sorprendieron sobre la presencia de Jeffrey en este lugar. Hasta Leslie, quien lo invitó, se sorprendió de su asistencia.

El viento de la montaña parece intensificarse, todos detrás de Kaleb permanecen en completo silencio observando a Artemis, mientras que Maureen, hundida en llanto, tiembla de frío.

—Se preguntarán cómo se supone que Jeffrey, sin tener dinero, llegó hasta aquí —continuó Artemis—. Fácil, siendo este un viaje largo y caro, alguien le envió dinero, no directamente a su cuenta, por supuesto, ya que Susan me facilitó una información que solo pocos sabemos: a Jeffrey le estaban manipulando su dinero. Monty, su actual publicista, lo estaba dejando en la calle, así fue que Susan le sugirió congelar sus cuentas, pero el muy inepto, no sacó el dinero suficiente para sustentarse. Es por eso que Maureen le envió un poco de dinero y un boleto de avión de clase económica para acá. ¿Por dónde se lo envió? Por la única vía que nos comunicamos por ocio: el correo. Solo bastó una llamada de Maureen a Jeffrey avisando de que un dinero y el boleto hacia Canadá ya estaban listos. Tú lo sabías y no estabas de acuerdo por el gesto de Maureen hacia su amigo. Jeffrey creyó que el boleto era de primera clase, por eso en el aeropuerto tuvo un pequeño altercado con el cuerpo de seguridad afuera del *lounge* de la aerolínea y, dada a la reciente ayuda con el viaje, Maureen no sintió pesar en pagarle el teleférico que se le dificultó costear. Finalmente llegamos aquí, hasta que ocurrió la tragedia.

—Interesante, terminaste resolviendo el caso —adujo Kaleb sin bajar el arma.

—Aún no he terminado —intervino Artemis imponiéndose con valor—. Cuando decidí interrogarlos uno a uno, Leslie me dijo algo que lo cambió todo. Aún destrozada por la pérdida de su novio, me confesó que nuestra estadía aquí era para

NIEVE CARMESÍ

anunciar su compromiso con Jonathan, nadie lo sabía, excepto Joshua y yo cuando la interrogué en mi habitación. De hecho, cuando Maureen y yo platicamos en el restaurante después del asesinato, supe que ni ella lo sabía, hasta que fue interrogada por el detective. Leslie lloró tanto que cuando Maureen la llevó a la habitación junto a Susan, Leslie lo contó todo, su más preciado secreto, su anhelado compromiso... Y Maureen llena de envidia y rabia contra su hermana, cometió un acto atroz...

Leslie no dejaba de llorar, así que Susan le prestó su pañuelo con la letra "S" bordada, el mismo que vi que usaba horas atrás cuando la interrogué en el bar. El pañuelo estaba muy empapado, resultado de unos ojos que lloraron a cántaros lágrimas tan llenas de dolor, que ni siquiera permitieron a la nueva dueña del pañuelo vislumbrar la siguiente tragedia. Leslie estaba en medio de Maureen y Susan, pero cuando Susan quiso consolarla en medio de las escaleras, Maureen la empujó, equivocándose de víctima. Sí, Maureen quería acabar con Leslie, ya que sentía tanta envidia a pesar del fallido compromiso; y es que no olvidemos que la familia Carpenter-Parris jamás vio a Kaleb con buenos ojos, así que un compromiso fallido por una pérdida, pondrían la atención de su familia hacia Leslie, y Maureen no quería lidiar con algo como eso. Vi cuando Leslie bajó de las escaleras con el pañuelo de Susan y, al no ver rastros de sangre y sentir lo húmedo que estaba, me llevó en dirección a que Leslie no vio lo que había pasado, solo siguió las palabras de su hermana que repetía que Susan tropezó por las escaleras.

No señores, Leslie no sentía celos de Susan, porque ella acompañó a Jonathan y a Leslie en todo momento, incluso, cuando supo sobre los sentimientos que Susan había desarrollado por Jonathan no se preocupó, ya que Susan siempre se mostró como una profesional respetando su relación.

—¡Eres de lo peor! —gritó Leslie a su hermana.

Maureen, callada y con el rostro un tanto rojizo por la baja temperatura, dejó salir un quejido.

—Maureen, ¿ves lo que has provocado? La única persona dentro de tu núcleo familiar que te amaba, ahora te odia —dijo Artemis aún con las manos ensangrentadas.

—No te atrevas a culpar a mi esposa, si la tocas, terminarás como Jeffrey.

—¡Como Ronald querrás decir! —expresó Artemis desafiante—. Cuando Maureen empujó a Susan por las escaleras, Maureen no contó con que una persona la vio empujarla: Ronald en medio del pasillo vio la escena y quedó horrorizado. Desde el momento en que quise iniciar la investigación por el asesinato de Jonathan, Ronald se mostró reticente ante cualquier medio, esto trajo consigo alguna sospecha del asesinato. Creí que Ronald, al oponerse a cooperar, era el homicida, pero él no tenía razones para matar a Jonathan. Cuando se llevaron el cuerpo de Susan, Roxanne se me acercó destrozada, ya que le había contado a Neil sobre aquel maltrato físico por parte de Ronald y, cuando por primera vez Ronald se acercó a mí voluntariamente, lo eché a un lado, porque sentí muchísimo las heridas que él había provocado física y emocionalmente en Roxanne. Ahora lamento no haberlo escuchado en su momento, de no ser así, rápidamente hubiera dado con el paradero de ustedes. Así fue que antes de que yo ingresara a la habitación principal para conversar con Maureen y Leslie, tú saliste de ahí y comenzaste a planear tu siguiente jugada. Maureen te contó que Ronald la vio, así que esperaste el momento adecuado para matarlo, esperaste a que Roxanne ingresara a su cuarto, ya que a través del pasillo me viste conversar con ella, la escuchaste decir que iba a tomar un baño y te aprovechaste de esto, era la oportunidad para acabar con él. Roxanne discutió con Ronald, ya que él quería contarle de lo que ocurrió en las escaleras, pero ella lo ignoró metiéndose en la bañera. Forzaste la puerta como lo hiciste con Jeffrey la noche anterior y, con el rifle que descansaba en la habitación principal, le disparaste en la cabeza a Ronald. Creíste que no lo iba a sospechar, ya que nos hiciste creer que tocabas en el cuarto de música, pero esa melodía ya fue mencionada por alguien, *Winter* de *The four seasons* de Vivaldi, una melodía tan intensa como profunda, fue tocada por Maureen, una hermosa pieza musical que le enseñaste a tocar a tu esposa. La única persona que podía decir con exactitud lo que ocurrió es Darlene Bowers, pero se aprovecharon de su descuido mientras ella quitaba la nieve en la entrada, solo bastó con que ella se volteara y los viera abajo, intercambiaron de lugar y, sin que nadie los viera subiste para cometer tu tarea. Cerraste la puerta con seguro, abriste la ventana y lanzaste el rifle, te deslizaste por la cúpula de cristal hasta caer en la capa de nieve, pero un descuido hizo que dudaras y el arma quedó arriba, así que entraste por la puerta trasera de la mansión, dejaste tus huellas por la nieve e ingresaste a la cocina vacía, te colocaste un uniforme cuando me escuchaste correr entre los pasillos y te quedaste detrás de la barra como un ayudante de cocina. Cuando subí, te quitaste el uniforme y te uniste a los demás, por supuesto que limpiar las evidencias de tu más bella obsesión te hizo cometer este acto.

—¡Se los dije, yo no maté a Ronald! —gritó Roxanne junto al grupo.

—¿Quieres callarte o quieres que acabe contigo como lo hice con tu novio maltratador? —gritó Kaleb apuntando el arma ahora hacia Roxanne.

—Kaleb, tu asunto es conmigo —respondió Artemis—. Sé que cuando me viste ingresar a la cocina y casi te descubro, yo fui tu siguiente objetivo, pero en todo momento estuve acompañado de Joshua y Roxanne. En el segundo cuando leí la declaración por parte de uno de ustedes, dudé de Joshua, la única persona que no había interrogado en toda la estancia. Así que después de conocer la verdad por parte de Roxanne, me quedé con Joshua en la habitación, hablamos lo suficientemente fuerte aún con la puerta entreabierta y, cuando descubrí gracias a una conversación que estabas detrás de todo esto, Maureen golpeó a Joshua en la cabeza con el disco de diez libras que sacó del gimnasio, creyendo

ASESINATO NEVADO

que era yo. Dudó de lo que había cometido y estuvo entre los pasillos de la segunda planta pensando qué hacer. Fuiste tú quien le dijo que vistiera así, ya que te funcionó para despistarme en la cocina después de asesinar a Ronald. Maureen corrió a la primera planta y te dijo que la estaba siguiendo, me hiciste creer que te había herido, pero no fue así y me guiaste a ella aquí afuera, solo para matarme sobre la lona de la piscina.

—Poético, ¿no? ¡Y el caso está resuelto! —gritó Kaleb con la pistola frente a Artemis—. Pensé que eras solo unególatra con delirios de grandeza, un completo idiota buscando protagonismo dentro de una nueva historia. ¡Oh, damas y caballeros, les presento a Artemis Millburn, profesor y periodista, ahora detective! Mira sargento, parece que alguien acaba de quitarte tu trabajo.

—Tienes en tu posesión el arma de un oficial, con solo jalar el gatillo sin darle a un objetivo cuenta como intento de asesinato —dijo Neil acercándose lentamente.

—No te atrevas a dar ni un paso más o te vuelo la cabeza frente a todos —amenazó Kaleb—. Estoy muy tentado en dispararle a alguien y no quiero gastar esta bala contigo.

Maureen, temblando de frío, cae al suelo.

—Kaleb, Maureen no se encuentra bien —dijo Artemis detrás de él.

—¡Que no toques a mi reina! —gritó.

Y un disparo retumbó en la blanca zona, provocando gritos al unísono.

El arma que tenía Kaleb cae al suelo provocando una grieta en la helada superficie sobre la que están. Él se retuerce de dolor en el suelo y muestra su hombro ensangrentado. Neil corre en busca de su arma olvidando dónde estaban parados y su peso provoca que la grieta pase al lado de Artemis, terminando frente a Maureen quien sigue en el suelo. El hielo se quiebra por completo y Maureen cae al agua. Rápidamente Artemis salta en busca de quien ha sido su mejor amiga; pese a que la piscina termal está encendida, el frío por la gruesa capa de hielo les llega hasta los huesos. Como puede, la toma por el brazo y la saca a la superficie, ambos empiezan a temblar y se les dificulta respirar. De inmediato Joe y Darlene llegan con toallas para cubrirlos.

Artemis levanta el rostro, tratando de analizar desde qué dirección provino el disparo, logra aclarar la vista y ve a Joshua en la ventana de su habitación, tiene una carabina, un arma de caza que tomó del tablero en la pared del salón principal. Aún con la cabeza y parte del rostro ensangrentado, levanta su mano y saluda a su mejor amigo. Artemis le responde el saludo haciendo una seña con el pulgar.

El sonido que avisa que se acerca un helicóptero les da una sensación de alivio. Levantan la mirada y ven que cuatro aeronaves sobrevuelan la zona.

Neil Parker arresta a Kaleb colocándole las esposas y espera que el helicóptero aterrice; la puerta se abre y de inmediato descienden los refuerzos policiales.

Aún sobre ellos, vuelan las otras aeronaves, dos de estas pertenecen a canales de televisión que, por supuesto, ya se habían enterado de la tragedia en la mansión.

Un oficial se presenta y llama a cada uno de los huéspedes, quienes hacen fila para subir al helicóptero de rescate.

Artemis observa a un grupo de oficiales aplaudir a Neil quien custodia a Kaleb. Del otro lado, otro personal le brinda los primeros auxilios a Maureen, quien es trasladada en una camilla hacia un helicóptero diferente.

Los periodistas aterrizan para entrevistar al detective. Joshua se une a la fila para abordar el helicóptero de rescate y, siguiendo las órdenes del oficial que les pedía que abordaran, suben en orden.

ASESINATO NEVADO

La nave despegó con Joshua, Roxanne, Leslie y Artemis, al mismo tiempo, el helicóptero que transporta a Maureen los sigue.

—Sus pertenencias serán enviadas en un vuelo distinto, pueden estar tranquilos —dijo el oficial después de colocarles los auriculares a los pasajeros.

Después de casi una hora de viaje, aterrizaron en una plataforma que les resultó familiar, estaban de vuelta en el aeropuerto de Calgary, al mismo que habían llegado días atrás. Sin embargo, no fueron enteramente liberados. Las autoridades de la región los estaban esperando, agentes federales, médicos forenses y personal de seguridad aeroportuaria se acercaron autoritariamente a la nave para hacerse cargo del grupo. Artemis y sus amigos fueron conducidos a una sala especial para rendir declaraciones detalladas sobre los acontecimientos ocurridos en la mansión Givercross. Aunque ya Artemis había ofrecido una versión entera de los hechos a los agentes que los evacuaron del sitio, el protocolo exigía entrevistar minuciosamente a cada uno por separado. Las interrogaciones se extendieron por horas. Tanto, que fue hasta la tarde del día siguiente que, tras corroborar la mayoría de los testimonios y dejar constancia oficial del caso, se les permitió continuar su regreso. Gracias a la intervención de las autoridades consulares y al apoyo logístico de una aerolínea, fueron añadidos en un vuelo humanitario hacia sus respectivos lugares de origen.

Artemis y sus amigos llegaron en la madrugada del viernes veinte de diciembre. Violet, preocupada por su compañero corrió a abrazarlo y lo condujo a un auto. Antes de retirarse, Artemis se despidió de sus amigos y luego los perdió de vista.

Días después, Artemis habla por teléfono con Leslie sobre la tragedia de la mansión. Ella decidió pasar la Navidad junto a sus padres y abuelos. Maureen se recuperó, pero no pudo librarse de las leyes y, bajo arresto domiciliario, pasó las fiestas bajo vigilancia en su hogar. En cambio, Kaleb, aún está a la espera de la sentencia por los crímenes, es por ello que sigue detenido en

NIEVE CARMESÍ

un centro penitenciario de la ciudad de Longderry.

Es la tarde del veinticuatro de diciembre y Artemis junto a Violet preparan la cena navideña. Joshua se recupera del golpe, le suturaron la herida tomando doce puntos. Roxanne no tenía planes, así que junto a Joshua, llegarán más tarde a casa de Artemis para recibir la pintoresca festividad. Solo Violet, Roxanne, Joshua y Artemis disfrutarán de la maravillosa cena.

El timbre suena y, después de sacar el pavo del horno, Artemis se dirige a la puerta. Un empleado del servicio de entregas llegó con su equipaje y mochila de viaje.

—Muchas gracias —dijo Artemis, quien rápidamente comprobó que todas sus pertenencias habían sido enviadas. Sintió alivio, no obstante, de la mochila algo llamó su atención. Es un sobre blanco, lo abre en el recibidor de su hogar y empieza a leer una carta:

"Profesor Millburn,

Espero que esta nota te encuentre bien, aunque sinceramente, estoy seguro de que apreciaste mi recibimiento por parte de mis compañeros cuando llegaron al rescate. Como detective oficial, encargado de resolver la tragedia de la mansión Givercross, me veo obligado a reconocer, aunque a regañadientes, tu participación en la resolución de este caso.

Permíteme ser claro desde el principio: siempre consideré que tu presencia en mis asuntos era más irritante que útil. No necesitaba a un niño y periodista entrometido tratando de jugar a ser detective. Sin embargo, a pesar de mis erróneas objeciones, debo admitir que tus elucubraciones y, a veces inoportunas sugerencias, condujeron de alguna manera al descubrimiento de información crucial.

Aunque me incomode decirlo, tus hallazgos resultaron ser fundamentales para arrojar luz sobre la oscura trama que envolvía este trágico suceso. ¿Cómo pudiste atreverte a tener razón en algo? No puedo evitar reconocer que en algún momento tus teorías extravagantes y tus preguntas insistentes llevaron a una revelación sorprendente.

Aquí va la mía: si bien es cierto realicé rondas de preguntas citando a todos los sospechosos a la habitación principal, pero yo sabía sobre tus reuniones privadas, citabas a cada uno de tus compañeros para hacerles preguntas sobre el caso, asimismo traía mis dudas, interrogaste a todos excepto a tu querido amigo Simmons. Es por eso que coloqué su nombre al final de una hoja llena, esa hoja contenía información de Kaleb Davies. Reemplacé su nombre con el de tu amigo porque quería que culminaras la investigación, de una u otra manera estuve equivocado, pero te empujé a cerrar un ciclo que tal vez como pequeña hormiga en los pantalones, te perturbaba.

Aunque tu presencia ha sido como una mosca molesta en la sala de interrogatorios, debo rendirme ante la evidencia. A veces, una ballena ciega podría asegurar su alimento entre bocados en medio del mar. En este caso, tu instinto de investigador y tu terquedad resultaron ser sustentables, aunque me cueste admitirlo.

No obstante, no quiero que pienses que esta carta es un boleto dorado para alimentar tu ego periodístico. Tu participación, aunque accidentalmente fructífera, sigue siendo irritante. No olvides que soy el detective aquí y tu papel es secundario en el mejor de los casos.

Espero que disfrutes de tu momentánea victoria en este caso, pero no te acostumbres a estar en el lado correcto de las cosas. La próxima vez, déjame hacer mi trabajo sin tus intrusiones no solicitadas.

Neil Parker".

Artemis lanza una sonrisa y se dirige a la sala.

—Oye Violet, adivina quién me envió una nota.

Violet, sentada en el brazo del sofá, mira a Artemis con

NIEVE CARMESÍ

nerviosismo, tiene el control remoto en la mano y la televisión está encendida en el noticiero de la tarde.

—¿Qué ocurre? —pregunta Artemis con una sonrisa.

—Acabas de aparecer en la cortina de titulares —respondió Violet.

Artemis cambia de semblante y se deja caer en el sofá junto a su compañera:

"Asesinato nevado...

—En una oscura noche entre las cordilleras nevadas de Canadá, el pacífico pueblo de Vanguardhill se vio envuelto en un escenario de pesadilla en la cima de su montaña más alta.

La mansión Givercross fue testigo mudo de la tragedia, fue el lugar donde un viaje entre amigos se convirtió en una pesadilla mortal.

Artemis Millburn, el respetado profesor de investigación periodística de la primera universidad de Longderry, lideraba el grupo que incluyó a Joshua Simmons, Roxanne Carter, Maureen Carpenter de Davies, Leslie Carpenter, Kaleb Davies, Jeffrey Goodman, Susan Daniels, Jonathan Mason y Ronald Fisher. Todos disfrutaban de un aparentemente inocente reencuentro de amigos en la majestuosa mansión que es propiedad de la multimillonaria familia Gale, administrada por Joe Palmer y la asistente Darlene Bowers.

La tragedia se desató cuando el reconocido jugador de béisbol Jonathan Mason, fue brutalmente asesinado durante una fiesta en la habitación principal de la mansión, apuñalado con una daga imperial de colección, propietaria de la familia Gale. Jeffrey Goodman encontró su fin mientras dormía, fue apuñalado múltiples veces sobre su cama. En tanto, Susan Daniels, en un espeluznante giro, fue empujada por las escaleras, resultando en una caída fatal y Ronald Fisher, el astro del baloncesto, fue el último en caer, víctima de un disparo en la cabeza.

Las sorprendentes revelaciones surgieron cuando se descubrió que Maureen y Kaleb Davies, pareja de esposos, estuvieron detrás de las siniestras muertes de sus propios amigos. La Policía, liderada por el sargento y detective Neil Parker, llegó a la mansión para descifrar los oscuros motivos detrás del primer crimen, pero su estadía pareció desencadenar los otros eventos desafortunados provenientes de estos crímenes. A continuación, declaraciones del detective Neil Parker, quien nos cuenta toda la verdad...

—Fue una investigación intensiva desde el principio. Cuando llegué al lugar, la escena del crimen era un caos y las complejas relaciones entre las víctimas y los perpetradores complicaron más las cosas. Se convirtió en un giro inesperado, para ser honesto. Uno tiende a buscar a un desconocido en estos casos, solo puedo alcanzar a decir que, pese a mis obligaciones como sargento y detective, estuve equivocado en todo y reconozco que quien ayudó a resolver el caso fue el periodista Artemis Millburn.

—En un giro irónico, el héroe inesperado en esta trama fue el propio Artemis Millburn quien, con su astucia y habilidad periodística, descubrió la verdad oculta tras la fachada de amistad. Este escalofriante relato demuestra que a veces la verdad más perturbadora puede encontrarse en los lugares más inesperados. Nos vamos a un pequeño corte comercial y más adelante seguimos con otras informaciones...".

Artemis observa cómo su foto ha sido expuesta en el noticiero, quedó impactado. Pese a que Neil fue lo suficientemente honesto, Artemis no deja de pensar en lo que este suceso podría desencadenar. Y aún sosteniendo la carta, la sacudió por unos breves instantes y, enojado, sonrió.

—Ese desgraciado...

«Artemis no quiere esto, no quiere ser celebrado, solo quiso reunir pistas para resolver el caso, no espera ninguna retribución por parte de nadie, ya que su trabajo como periodista puede salir afectado ante cualquier caso». Su cabeza se llenó de ruido y, ante cualquier otro pensamiento, solo llegó a pensar cuál sería el daño colateral que traerá todo esto.

NIEVE CARMESÍ

Made in the USA
Middletown, DE
22 June 2025

77284413R00083